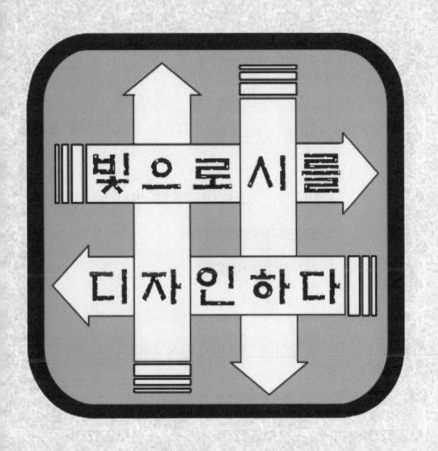

빛으로시를
디자인하다

김기수 지음

한국행시문학회
도서출판한행문학

목차

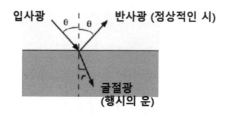

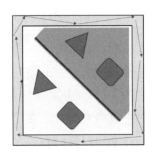

"빛으로 시를 디자인 하다"를 쓰면서

나는 과학기술자입니다. "빛"을 오랜 기간 연구하였고, 빛이 지나는 통로인 광섬유를 구조물 안에 심어서 그 안에 흐르는 빛의 특성변화를 감지하여 센서로 활용하는 연구를 해 온 사람입니다. "구조물에 매립된 광섬유를 이용한 온도 및 스트레인 측정에 대한 모델링에 관한 연구"로 미국 스탠포드대학에서 박사학위를 받은 이래, 광섬유를 구조물 안에 심어서 빛을 이용하여 구조물의 안전성을 측정하는 센서와 시스템의 개발과 기술확산에 거의 30년이라는 세월을 보냈고, 전문학술단체인 한국복합재료학회장까지 지냈으니 과학기술 분야의 전문가임은 확실하지요.

그리고 이 "빛"이 최근에 이르러서는 과학기술 중에서도 점점 중요해져서, 이 빛은 통신과 센서에 사용되는 것 뿐 아니라 디스플레이와 시각 디자인, 영상디자인, 그리고 3차원 디스플레이에도 중요한 요소로 사용이 되고, 요즈음 이야기하는 가상현실, 증강현실, 실감형 가상세계 등 미래의 기술에도 점점 더 빛이 중요한 역할을 하게 될 것 같습니다.
일단 우리에게 "빛"이 없거나 그것을 감지할 수 있는 눈이 없으면 얼마나 답답할까요? "빛"을 평생 연구했던 사람으로서 세상에 "빛"을 주시고, 사람에게는 그것을 볼 수 있는 눈을 주신 하나님께 감사합니다.

"빛"에 대해 잠깐 이야기해 보기로 합시다. "빛"은 성경에서 보면 하나님께서 가장 먼저 만드신 피조물입니다. 창세기 1장 3절에 "하나님이 말씀하시기를 '빛이 있으라' 하시니, 빛이 있었다."라고 하셨고, 4절과 5절에 "그 빛이 하나님 보시기에 좋았다. 하나님이 빛과 어둠을 나누셔서, 빛을 낮이라고 하시고, 어둠을 밤이라고 하셨다. 저녁이 되고 아침이 되니, 하루가 지났다."로 하나님께서 빛을 만드신 후에 시간을 만드시고 창세기의 첫날을 지내시는 모습이 나타납니다.

성경 속에 하나님께서 세상을 만든 순서를 보면 빛을 가장 먼저, 그리고 빛과 어둠을 나누어 시간을 만들고, 그 다음 공간을 만드신 것으로 표현되고 있고 그 다음에 땅과 바다를 만들었고, 그 다음 해와 달과 별을 그리고 동식물을 만들고 제일 나중에 사람을 만드신 것으로 되어 있습니다.

자세히 보면, 그 유명한 아인슈타인의 상대성이론도 빛의 관찰에서부터 나온 것입니다, 그 이론의 바탕에는 빛의 속도는 항상 일정하다는 기본가정이 있어, 그 가정 하에 계산해 보면, 시간도 늘어지거나 빨라질 수 있고, 공간도 휘어질 수 있다는 것입니다. 상대성 이론의 그 기본가정, 왜 빛의 속도가 달리는 곳에서 측정해도 서 있는 곳에서 측정해도 일정한지는 아인슈타인을 비롯해서 아무도 모릅니다. 빛의 속도는 매질에 따라 다를 수는 있지만, 측정해보면 어디서든지 어디서 오는 빛이던지, 아무런 매질이 없는 곳에서의 속도는 일정한 것만은 분명합니다. 그리고 그 빛의 속도를 맞추기 위해서 시간이 늘어지고 공간이 휘어지는 것만은 분명하게 측정되어 과학자들이 상대성이론이 맞다고 생각하고 있지요.

성경은 사람들이 기술한 것입니다. 신의 계시를 받았을 수는 있겠지만, 신이 직접 쓰신 것은 아니고 사람들이 쓴 것입니다.
왜냐하면 언어라는 것은 사람이 서로의 약속을 통해 만든 것이기 때문입니다. 그래서 언어는 나라마다 다릅니다. 그러나 성경을 통해 기술된 천지 창조의 순서가 차례대로 나열된 모습에 우리 선조들의 지혜에 감탄하지 않을 수 없습니다. 빛이 먼저 만들어졌고 시간과 공간이 나중에 만들어졌다면, 당연히 빛의 특성을 맞추기 위해 공간이 휘고 시간이 늘어지지 않겠는지요? 2000여 년 전 만들어진 성경 속에 이미 상대성원리가 담겨있다니 놀라운 것 같습니다.

천지창조의 그 날, 그 순간을 아무도 본 사람은 없지만, 합리적 과학적 분석에 의하면 140억 년 전 어느 한 순간에 빛과 시간과 공간이 한꺼번에 생겨나왔을 것이라 추측을 합니다. 그러나 성경의 저자는 빛이 가장 먼저 나왔다고 썼습니다. 현재 자연과학에서는 모두 아인슈타인이 만든 상대성원리가 세상을 지배하고 있다고 생각합니다. 그러나 아인슈타인은 빠르게 달리는 물체나 서있는 물체나 거기서 발생하는 빛은 늘 일정하게 30만(km/초)의 속도를 가진다는 것을 단순히 관찰을 해서 수식을 세운 것 뿐이고, 빛의 속도를 일정하게 하기 위해서 시간이 늘어지고 공간이 휘게 된다는 것은 본래부터 우주에서 있었던 일인 것입니다.

제가 "빛"에 관심이 있다 보니까 과거에서부터 온 "빛"에도 관심이 있습니다. 10만 광년 떨어져 있는 별에서 온 빛은 10만 광년 전에 만들어진 빛이겠지요. 10억 광년 떨어진 별에서 온 빛은 10억 년 전의 빛이지요. 실제로 허블 망원경을 통해서 수집된 빛들은 수십억 광년의 거리를 여행해 와서 망원경 끝에 상을 맺히게 되는 것들이 많이 있습니다. 그 중에서 특히 별이 생성될 때라든가 별이 소멸될 때의 모습을 보여주는 것들은 "빛이 있으라"하신 하나님의 의지가 아직도 그대로 담겨있는 것으로 느껴져 경외함을 느끼지 않을 수 없습니다. "빛"은 태초에 하나님께서 의도 하신 대로 만들어져서 그 상태 그대로를 유지하고 지금도 이 우주 어딘가를 같은 속도로 달려가고 있는 것으로 보입니다. 이 "빛"은 의지가 있습니다. 늘 같은 속도를 유지하고, 늘 같은 방향으로 직진해서 갑니다. 아니 빛은 자기 마음대로 가는데 시간과 공간이 거기에 맞추어서 휘어지고 늘어지고 있는 것인지도 모릅니다. 어쨌거나 스스로의 의지가 있는 것처럼 계속 한쪽 방향으로 틀어지지 않고 수십억 년을 진행합니다. 거기에 이 세상을 과학적으로 뜯어보면 모든 것이 에너지로 되어 있습니다. 에너지가 뭉쳐서 물질이 되고 에너지가 이동하면서 빛도 됩니다. 에너지가 이동하는 방법은 딱 두 가지 방법이 있습니다. 하나는 물질이 직접 이동하는 것이고, 다른 하나는 빛이라는 매체를 통해 이동하는 방법입니다. 처음에는 단순한 에너지의 이동수단으로 생각했던 이 빛에 최근에 사람들은 여러 가지 신호를 담기 시작했습니다. 언어를 담고, 영상을 담고, 데이터와 정보, 센서의 신호들을 담아 4차 산업혁명시대를 리드해가는 중요한 요소가 되어가고 있습니다. "빛"은 대단한 신의 선물이며, 이 빛으로 세상은 디자인되었고 그 디자인은 수십억 년 동안 그대로 남아서 허블 망원경을 통해 우리에게 그 창조의 과정을 그대로 보여주고 있으며, 모든 정보를 담고 있어 앞으로도 4차 산업혁명시대를 이끌어가는 동력을 제공하고 있습니다.

나는 과학자입니다. 모든 것을 과학적인 바탕에서 볼 수밖에는 없습니다. 제가 보고 있는 언어는 약속입니다. 사람과 사람들 사이에서 오랜 시간 약속을 통해 만들어지고 발전해 온 것이지요. 그래서 나라마다 언어가 다를 수밖에는 없기도 하구요. 그리고 그 언어를 표현하는 방식은 나라마다 다를 수 밖에는 없습니다. 빛이 하나님이 만들어서 하나님의 의지를 담고 진행하고 있다고 하면, 말은 쉽게 사라지기는 해도 인간의 의지를 담아 원거리에 보내지고 전달된다는 측면에서 빛과 유사하기 때문에 제가 상당히 관심이 있는 분야이기도 합니다. 한글은 다른 어떤 나라의 글자보다도 너무 과학적이어서 내가 자꾸 관심을 가지고 보게 됩니다. 영어 알파벳과 일본의 가나와는 전혀 다르게, 자음과 모음이 명확하게 구별이 되어 있고, 자음은 자음대로 아설순치후로 나뉘어 있고,

모음은 모음대로 천지인 3재의 조합으로 모든 음을 표현할 수 있도록 만들어져 있습니다. 이 세상 모든 물질이 전자와 양자, 중성자로 되어있듯이 잘 분해되고 합쳐지도록 거의 완벽에 가깝게 만들어져 있습니다. 그래서 요즈음과 같은 인터넷과 인공지능시대에 적합한 경쟁력 있는 문자가 되어 우리나라가 정보통신분야의 강국이 되는데 가장 크게 기여를 하고 있습니다.

요즈음 보아도 언어의 특성에 맞추어 적합하게 고안되었음을 감탄하게 되는 이 한글이라는 문자를 어떤 한 사람이 하루아침에 만들었다는 것은 아무래도 쉽게 이해하기 어려운 부분이 있습니다. 세종대왕께서 위대한 왕이고 음운학에 아주 정통함을 가지고 있었고 여러 가지 혜안이 있으셨음은 사실이나, 정말로 혼자서 만들었을까 하는 합리적인 의심은 누구나 들 수 있을 것이라고 봅니다. 당시에 남은 기록을 보면 집현전 학사들이 중국의 음운 학자를 모셔오기 위해 노력했던 사실도 보이고, 정인지의 서문에는 "象形而字倣古篆하며 因聲而音七調이니라. 형태를 본뜨되 글자는 고전을 본떴으며, 소리에 따랐기에 음은 칠조에 맞는다"라고 하여 고대의 전각의 모양을 본떴다는 내용도 있고, 동국정운에서는 신하들이 옛날 문자들을 취합하고 정리하였다는 내용도 있어서 공식적은 아니라도 누군가가 주변에서 도와준 사람이 있지 않으면 완성하기가 쉽지 않았으리라 추측되는 부분이 있습니다. 얼마 전에 한글창제를 다룬 "나랏말싸미"라는 영화가 있었습니다.

내가 보기에는 배우들이 연기들도 잘하고 시나리오도 괜찮은 것 같아서 나름 재미있게 보았는데, 역사를 왜곡한 것이 아니냐는 논란에 휘말려 조기종영을 하고 말았습니다.

그러나 훈민정음보다 5년 앞선 신미대사의 <圓覺禪宗釋譜>가 이미 월인천강지곡을 포함하고 있다면, 훈민정음 창제에 앞서 무언가 관계가 있음을 부인할 수는 없습니다. 영화에서와 같이 신미대사가 전적으로 글자를 만들어서 세종대왕에게 발표하라고 주었다고까지 이야기 하는 것은 지나칠 수는 있으나, 미리 발표 될 글자를 알고 있었을 것으로 보이고, 그 글자로 월인천강지곡의 초안을 만든 것으로 추측이 됩니다. 거기에 불교에서 많이 쓰고 있는 싯담 문자는 이미 소리글자였기 때문에 그 원리를 참고하였을 개연성도 있습니다. 거기에 훈민정음 해례본의 정인지 서문에 본 떴다고 하는 古篆(고전)이라고 표현된 글자는 한자를 표시한 것은 아니며, 가림토 문자를 이야기한다고 주장하는 사람들이 있습니다. 왜냐하면 세종실록의 '토착(吐着)'이라는 문구 때문입니다. 세종의 둘째 딸인 정의공주 유사에 "세종이 방언이 문자와 서로 통하지 못함을 안타깝게 여겨 변음(變音)과 토착(吐着)을 여러 대군에게 풀어보게 하였으나 아무도 풀지 못하였다. 그래서 출가한 정의공주에게 보냈는데 곧 풀어 바쳤다. 이에 세종이 크게 기뻐하면서 칭찬하고 큰 상을 내렸다"라는 내용이 있습니다. 그렇다면 여기에 나오는 '변음'과 '토착'이란 변음은 정음과 반대되는 말로 사투리를 뜻하는 것으로 보이는데, 토착은 무엇인가를 생각해보면, 그 당시 대군들은 아무도 '토착'을 풀지 못하였는데 오직 공주만 홀로 풀어 바쳤다는 내용으로 보아 '단군 때의 가림토'가 그때까지 여인네들에게 전해져 내려왔던 것으로 볼 수 있습니다. 토착(吐着)의 '토(吐)'는 분명 가림토(加臨吐)의 '토(吐)'와 연관이 있을 것으로 보이기 때문입니다.

그러나 아무리 이전에 비슷한 모양의 소리글자가 있었고, 도와주는 사람들이 많았다 하더라도, 훈민정음을 정식으로 창제하여 발표하신 세종대왕의 업적은 결코 폄하할 수 없습니다. 신하들의 반대에도 무릅쓰고 연구를 계속하였으며, 요즈음의 리빙랩처럼 실제로 사람들에게 사용하게 하여 오랜 기간 그 편의성을 시험하였으며, 최종적으로 훈민정음 글자의 디자인을 정한 사람은 세종대왕일 것이고, 정식으로 그 원리 및 사용 예를 해례집을 발간하여 쓰기 쉽게 만든 일들은 세종대왕이 아니었으면 아무도 할 수 있었던 일들이 아니기 때문입니다. 나는 현재 한글을 창제하신 세종대왕의 이름을 본떠서 명칭을 붙인 세종시에 살고 있으며, 세종시를 대표하는 문화유산인 한글을 지속 발전시켰으면 좋겠다고 생각합니다. 더욱이 이러한 한글을 잘 활용할 수 있는 행시를 나는 무척 좋아합니다. 가끔씩 내게 왜 행시를 쓰느냐고 묻는 사람들이 있습니다.

나도 내가 왜 행시를 좋아할까? 내게 있어서 행시가 뭘까? 생각해 봅니다. 일단 시가 무엇인지 생각해보면 "시는 언어에 운율을 넣어 함축되게 생각을 글로 표현하는 방식"이라고 나름대로의 정의를 내려 봅니다. 요즈음은 자유시와 산문시도 있어서 시와 글이 구별이 되지 않는 세상이기도 하지만, 우리 나라에서는 옛날 한글이 없던 시대에서부터 한자로 표현하거나 한자의 음을 따서 만든 이두의 형식을 포함하여 한글세대인 현재에 이르기까지, 생각을 함축해서 시로 표현할 때부터도 어느 정도의 운율을 가진 시들을 즐겨왔다는 것은 이미 잘 알려진 사실입니다. 과거시험에도 시제로 운이 주어졌고, 유명한 방랑시인 김삿갓이 한시와 언문을 섞어서 운을 맞추어 쓰기도 하고, 순수한 언문으로 된 운을 가진 시를 짓기도 하여 한글 운시 또는 한글 행시의 초기 모습을 만들었으며, 이러한 창작 활동들이 계속 이어져서, 한동안은 한시와 유사한 형식을 갖는 언문풍월이 나타났습니다.

그러나 일제강점기에 활동하던 지식인들은 이전부터 이어오던 우리의 언어문화보다는 서양의 문물들을 선호하는 경향이 있어서, 현재 문단의 주류를 차지하고 있는 문인들은 몇몇 분을 제외하고는 이러한 전통을 거의 문학으로 인정하고 있지 않으나, 그러한 풍류가 계속 우리들의 일상 생활 가운데에서도 이어져 요즈음까지도 두운을 가진 행시가 많이 유행하고 있어서 어디를 가나 운을 띄워서 삼행시를 만들거나 발표하는 백일장 비슷한 행사를 만드는 것을 흔히 볼 수 있으며, "솔까말", "소확행"처럼 "솔직히 까놓고 말하면", "소소하지만 확실한 행복" 등의 문장의 운만을 떼어서 만든 단어들도 많이 만들어지고 있습니다. 이런 현상들은 요즘만의 일들이 아니라, 오래 전 우리 조상 때부터 즐기고 표현했던 방식이고, 그 유전자가 우리에게도 계속 이어져서 우리도 이런 것들을 좋아하고 즐기는 것이 아닌가 생각하며, 나도 김삿갓을 좋아하는 그 유전자가 있는 것이 아닌가 생각합니다.

그래서 자연스럽게 내게 우리 행시를 좋아하는 마음이 생긴 것이기도 하지만, 또 하나의 이유는 내가 오랜 세월에 걸쳐서 사람끼리의 약속을 통해서 만들어진 "말"이 자연에 존재하고 있는 "빛"이 의미를 담고 직진하는 것과 상당히 유사하다고 보고 있다는 것입니다. 행시를 보면 이 말이 자연스럽게 한 방향으로 흘러가는 것이 아니고 빛이 굴절하듯 가로와 세로로 또는 사선으로 새어서 흘러가는 흐름이 발생하고 있는데, 이것이 평생을 "빛"을 연구하고 살았던 나의 관심을 크게 끕니다. 이러한 "빛"과 유사하지만 사람들이 자기의 의지를 담고 매체로 활용하기 위해 사람들의 약속에 의해 만든 "말"은 하나님께서 만드신 "빛"보다는 훨씬 단순합니다. 그러나 그 안에 말을 하는 사람, 글을 쓰는 사람의 의지를 담고 있습니다. 글과 말 자체보다는 그 안에 담겨져 있는 의지나 생각이 더 중요하겠지요. 그런데 그 "말"이 "빛"처럼 굴절하기 시작합니다. 미국 국무부 과학특사 캐먼 버클리교수는 도널드 트럼프 대통령에게 보내는 '사직서'를 공개하면서, 첫 글자를 모으면 '탄핵 (IMPEACH) ' 이 되도록 하였습니다. 장민호 시인은 "우남찬가" 라는 시에서 이승만대통령을 찬양하였지만, 첫 글자를 모으면 "한반도분열 친일인사고용 민족반역자..."라는 글이 나타나도록 표현을 하였습니다. 이러한 표현 방식을 우리는 지금에야 보고 뉴스에 새롭게 회자되지만, 사실은 오래 전부터 오랜 기간을 행시란 이름으로 우리 민족이 즐기어 표현하던 방식이었습니다. 장민호시인의 시 "우남찬가"의 일부를 예를 들겠습니다.

< 우남찬가 >

한 송이 푸른 꽃이 기지개를 켜고
반대편 윗동네로 꽃가루를 날리네
도중에 부는 바람은 남쪽에서 왔건만
분란하게 회오리 쳐 하늘 길을 어지럽혀
열사의 유산, 겨레의 의지를 모욕하는구나
친족의 안녕은 작은 즐거움이요
일국의 평화는 큰 즐거움이니
인간된 도리가 무엇이겠느냐
사사로운 꾀로는 내 배를 불리지만
고매한 지략은 국민을 배 불린다.
용문에 오른 그분은 가슴에 오로지
(이하 생략...)

"시"는 함축된 언어의 표현입니다. 적은 글자를 가지고 다양한 의미를 한꺼번에 담을 수 있으면 좋은 시가 됩니다. 그러니 가로로도 읽히고, 세로에는 다른 뜻을 가진 문장이 있을 수 있다면 한 문장으로 여러 가지를 이야기할 수 있으니 상당히 함축된 표현이 되는 것이지요. 빛이 직진하듯 문장이 죽 앞으로 나가다가 빛이 굴절하듯 방향이 바뀌어 읽힐 수 있는 글이라는 것이 내 관심을 더욱 끌었습니다.

신의 의지로 생겨난 빛은 한번 생겨나면 그냥 계속 달려갑니다. 절대로 사라지지 않고 계속 앞으로만 나아갑니다. 그러다 물이라던가 다른 종류의 매질을 만나면 일부는 반사하고 일부는 굴절되어 계속 갑니다. 이것이 제가 연구하여 온 빛입니다. 그런데 시어도 굴절되어 다양하게 표현되어 진다면 너무 멋질 것 같았습니다. 이것이 제가 행시를 쓰는 확실한 이유입니다. 아인슈타인이 빛의 속도의 일정함을 알고, 그를 이용해 새로운 이론을 만들고 즐거워 했던 것처럼, 나도 우리 조상들이 즐겼듯이 한글의 여러 가지 과학적 특성을 이용해 자유롭고, 다양하게 행시가 써질 수 있음을 발견하여 즐거워하며 이 책을 씁니다.

원래 행시에는 다양한 종류의 행시가 있습니다. 이 행시들을 나름대로 빛의 반사와 굴절의 특성들에 해당하는 방식대로 분류해서 디자인해 봅니다. 첫 번째로 빛의 단순 굴절에 해당하는 시는 자유행시, 주먹행시, 민조행시, 시조행시라고 표현되는 운이 한 행에

한 개만 존재하는 시들이 있는데, 나는 이 시집에서 모두 뭉뚱그려 "자유행시"라고 표현합니다. 두 번째로는 프리즘을 통과한 빛이 무지개가 되듯이 빛은 상황에 따라서 다중굴절을 일으킵니다. 이에 해당하는 시는 한 행에 운이 여러 개 존재하는 퍼즐행시들인데, 나는 이 시집에서 모두 뭉뚱그려 "무지개 행시"라고 표현합니다. 세 번째로는 빛은 거울을 만나면 반사를 합니다. 이것과 유사하게 첫 글자부터 시작하여 대각선 방향으로 대칭면을 형성하여, 대칭을 갖는 시가 있어 가로로 읽으나 세로로 읽으나 똑같이 읽히는 시가 있는데, 나는 이 시집에서 그런 시를"가로세로 행시"라고 표현했습니다. 네 번째로 나는 이 시집에서 빛의 굴절과 반사가 복합적으로 적용되는 것에 해당하는 시를 소개하려고 합니다. 빛은 광섬유 속에서 굴절과 전반사에 의해 멀리 갈 수 있는 특성 때문에 광섬유는 광통신에 활용이 됩니다. 이 광섬유를 깔아 놓은 것처럼 틀을 만들어 그 틀은 앞으로 읽어도 뒤로 읽어도 같은 문장이 되는 회문시로 채우고, 내부는 가로세로 행시로 되어 있는 시로 되어 있어서 대칭면을 안에 품고 있는 "회문틀 가로세로행시"를 처음으로 디자인하여 세상에 소개합니다.

세상의 어느 언어도 우리 한글과 같이 다양하게 행시를 만들 수는 없습니다. 받침까지 포함하는 음절문자이어서 자음 모음은 합쳐서 24자 밖에는 되지 않지만, 자음과 모음과 받침까지 합치고 겹자음과 이중모음까지 포함하면, 적어도 10,000자 이상의 음절문자가 되기 때문에 다른 언어와는 달리 자유롭게 행시로 표현할 수 있기 때문입니다. 그리고 이러한 행시 덕분에 다양한 한글표현이 늘어날 수 있어서 한글과 한글 행시는 서로가 서로를 풍부하게 만들 수 있는 상호 보완적인 관계를 형성하고 있다고 볼 수 있으며, 과학적인 분류가 가능해집니다. 따라서 이 시집은 빛의 특성을 그대로 사용하여 디자인했으며, 1부는 자유행시, 2부는 무지개 행시, 3부는 가로세로 행시, 4부는 회문틀 가로세로행시로 하려고 합니다.

"1부 자유 행시"에는 일반적인 자유행시와 글자 수가 조절되어 있는 575 주먹행시, 3456 민조행시, 정형시조의 율을 따르는 시조행시 등이 있지요. 일단 두운 하나만을 가진 "빛이 있으라 하시니"의 제목에 "그림자 하나를 벗 삼아"를 운으로 시를 하나 소개합니다.

빛이 있으라 하시니

그림자와 빛
림보하듯 휘어서
자신 나타내

하나님께서
나타나라 하시니
로맨틱하게

벗인 어둠과
삼라만상을 덮어
아름답게 해

"2부 무지개 행시"에는 II 형 행시, III형 행시, IIII형 행시, 다이아
몬드형 행시, X형 행시 등이 있습니다. 우선은 쉽게 "가나다라마
바사아자차카타파하"의 14자 운과 "하나님께서 빛을 가장 먼저
만들어"라는 14자 운이 8자째의 중간에 들어가서 대표적으로 복
굴절이 된 시 "태초와 현재와 미래의 빛"을 예로 여기 보여드립니
다.

태초와 현재와 미래의 빛

가상의 현실들도 **하**나의 세상이죠
나오는 빛이모여 **나**있는 세상이뤄
다르게 존재하는 **님**계신 세계에서
라인이 전달되는 **깨**끗한 세개의빛
마법을 부리듯이 **서**서히 직진하니
바라는 미래에서 **빛**으로 내려오고
사실상 태초부터 **을**비쳐 현재까지
아직도 계속하여 **가**하는 현재의빛
자꾸만 이어지며 **장**장긴 역사이뤄

차라리 없었다면 **먼**세상 생각못해
카메라 같은기기 **저**만치 필요없죠
타이밍 가장앞서 **만**들어 주셨기에
파워가 가장커서 **들**판을 압도한다
하나님 빛주신지 **어**느덧 일백억년

"3부 가로세로 행시"에서는 가로로 읽어도 세로로 읽어도 부드럽게 읽혀지는 행시가 소개될 것인데, 원래 가로세로 행시에는 가로세로 같은 시와 가로세로 다른 시가 있습니다. 그 중에서 가로세로 다른 시가 훨씬 쓰기가 힘들지만, 가로세로 다른 시에는 대칭면이 없으나, 가로세로 같은 시에는 문장 첫 글자부터 이어지는 대각선 방향으로 대칭면이 존재하게 됩니다. 그래서 주로 대칭면이 존재하는 가로세로 같은 시가 소개될 것입니다. 그런데 가로세로 같은 시를 쓰다가 간혹 한 두자 정도 대칭을 만들기가 어려워 가로세로 다른 시가 되는 경우가 있습니다. 이런 경우는 옥의 티라고도 할 수 있는데, 보석에 불순물이 약간 들어가서 색이 더 아름다워지듯이, 가끔은 생길 수 있는 재미있는 포인트라고 보아 주시면 좋을 것 같습니다. 이번에 시집을 하나 내면서 "가을의 시집 하나"라는 가로세로 같은 시를 예를 들어 소개합니다.

가을의 시집 하나

낭 만 적 인 시 한 수
만 족 당 연 한 시 상
적 당 한 멋 수 북 한
인 연 멋 진 가 을 이
시 한 수 가 멋 저 유
한 시 북 을 저 술 해
수 상 한 이 유 해 설

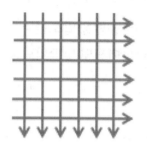

낭만적인 詩 한 수
滿足, 당연한 詩想
적당한 멋 수북한
인연 멋진 가을이
詩 한 수가 멋저유
한 詩 book을 저술해
殊常한 이유 해설

"4부 회문틀 가로세로행시"에서는 앞으로 읽어도 뒤로 읽어도 같은 회문으로 된 바깥의 틀과 내부에 거울면이 들어있는 가로세로 같은 시로 채워진 복합행시를 디자인하여 소개하려 합니다.
광섬유로 틀을 만들고 그 틀 속에는 대칭면이 있는 시로 채운다는

개념으로 디자인한 시의 형태인데, 예를 하나 들어 5만원 권에 들어있는 신사임당의 포도 그림을 보고 "신사임당의 그림 옆에"라는 제목으로 "게시 하나 하시게"의 운을 두어서 쓴 시를 설명하겠습니다. 전후 좌우의 바깥 틀로 "게시 하나 하시게"를 두어 앞으로 읽어도 뒤로 읽어도 아래로 읽어도 위로 읽어도 "게시하나 하시게"로 읽히게 하여 광섬유를 타고 앞뒤로 빛이 흐르는 것과 비슷한 모양이 되도록 디자인하였으며, 내부는 가로세로 같은 시로 채워서 전체적으로 가로로 읽으나 세로로 읽으나 같은 글이 되도록 했으며, 첫 자로부터 시작되는 대각선을 대칭면으로 하여 대칭이 되도록 디자인하였습니다.

제목 : 신사임당 그림 옆에

운(韻) : 게시 하나 하시게

게 시 하 나 하 시 게
시 하 나 쓰 려 오 시
하 나 쓰 면 나 축 하
나 쓰 면 조 율 하 나
하 려 나 율 곡 문 하
시 오 축 하 문 게 시
게 시 하 나 하 시 게

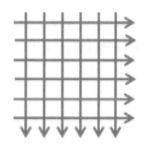

앞의 가로세로 행시는 가로의 모든 행과, 세로의 모든 행까지도 각각 운(韻)이 되기 때문에 이를 강조하고 독자들에게 시각적 효과를 드리기 위하여, 띄어쓰기를 하지 않고 일률적으로 한 칸씩 띄어 썼지만, 본문을 다시 맞춤법에 맞게 적절하게 띄어쓰기를 해보면 아래와 같이 표현되어 좀 더 이해가 쉬워질 수 있을 것입니다.

게시 하나 하시게
시 하나 쓰려오, 시
하나 쓰면, 나 축하
나 쓰면 조율 하나
하려나 율곡 문하
시, 오! 축하문 게시
게시 하나 하시게

이렇게 빛의 특성을 적용하여 행시의 시각적 특성에 맞추어 시를 디자인하여 4개의 부분으로 나누어 시집을 만듭니다. 긴 서문이지만 여기서 나름대로의 시에 대한 새로운 시각을 만나시고, 즐겁게 시집을 읽어주시면 고맙겠습니다.

빛으로 시를 디자인 하다

빛으로 시를 디자인 하다

● 제1부 - 자유 행시(단순굴절현상)

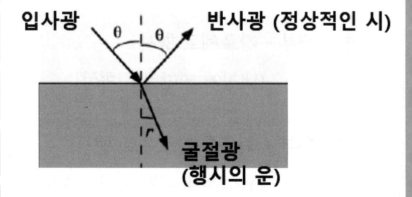

입사광　　　θ　θ　반사광 (정상적인 시)

굴절광
(행시의 운)

우주의 법칙

혼자 걷는 길은 없다
자신이 지금 무슨 일을 하고 있던지

걷는 그 길을 과거에 걸었던 모든 사람
는 사람이 아무리 많다 해도 현재

길을 걷고 있는 모든 사람이
은연중 연결되어 당신과 함께 한다

없는 것 같아도 다 함께 걷는 것이다
다 이것이 우주의 법칙이다

달밤 혼자 먹는 술**

달빛 교교한 꽃밭에 앉아 한 동이 술을
　친한 이도 없이 홀로 마시노라
밤에 술잔 들어 명월을 맞이하고
　그림자를 대하니 3인이 되었구나

혼자 뜬 달은 원래 술 마실 줄 모르고
　그림자는 단지 따라만 움직일 뿐이나
자 그래도 달과 그림자를 벗하여
　함께 봄날을 즐기어 보세

먹고 노래하니 달은 서성이고
　내가 춤추면 그림자도 어지럽네
는 취기에 함께 기쁨을 나누고
　취한 후엔 각자 흩어지리니

술잔 들어 영원히 무정한 저들과 친교 맺어
　아득히 먼 은하에서 만날 것을 기약하자

** 이백(李白)의 월하독작(月下獨酌)을 읽고 만든 7행시임

이 시가 말하죠

부부가 뭐냐면
부인할 수 없는
에너지의 원천

대단치 않으나
한번 맺은 연은

소리 없이 백 년
고생도 함께 해
는 행복도 있어

인생의 한 단면

가벼운 발길
을러 맨 짐 가벼워
그대로 달려

무척 기다린
한 사람을 만나서
함께 하는 삶

그대 보는 내 마음

불면 날아가
어디든 퍼져버려
라일락 향기

바람이 불면
람바다 춤을 추듯
아주 흔들려

시련의 세월

가련한 여인
을씨년스런 날씨
비를 맞으며

우울한 표정
산적한 근심들을
속으로 삭혀

새해에는 잘 삽시다

열심히 살자
정말로 잘 삽시다
의지를 보여

설날부터는
명랑하게 삽시다
절로 즐겁게

꿀벌의 삶

꽃 향기 취해
속으로 파고들면
의미 있는 물

꿀떡 목 넘겨
벌이 사는 의미를
은연 중 느껴

꽃을 주고 싶은 사람

소중한 사람
박수로는 부족해
한 평생 바쳐

꽃같이 예쁜
다정다감한 당신
발 밑 있을게

농부가 추수하니

노랗게 익어
을러 맨 자루에는
빛난 결실이

하나님께서
늘 보살펴 주시니
가을 풍성해

위로가 되는 사람

한 사람 여기
가슴속에 있네요
위로가 되요

둥실 떠올라
근사한 얼굴 보여
달덩이 같애

- 고드름 -

초조하겠지
겨우 매달려 있어
울지마 녹아

이웃 사촌

무엇 하나 쉬운 게 없는
심각한 세상살이지만
히히 웃으며

서로 도와가며 살면
있잖아요
어느 곳이든 천국이죠

삶이 모두 기적이에요

베어내지 못해서
데리고 다니는 병
스스로는 못 고쳐
다 하나님 하시죠
의롭다 하는 이도

기쁘다 하는 이도
적절한 주의 은혜

사랑도 익어가네

청아한 목소리의 아름다운 모습
포근한 그 음성 뒤의 멋진 자태가
도무지 접근하기가 어렵던 사람

익히 안다고 생각 드는 그 순간에
어깨에 깊이 스며드는 그대 마음
갈바람 타고 넘치는 그대의 향기

때 되었나 봐 오늘부터 내 사랑

기억 저 편에 남은

그리운 그 시절

바람처럼 가버렸어
다음 생에 다시 볼까
의미를 두어보지만

낭자한 꿈의 파편은
만월에 흔들리며 부서져

나는 어떤 존재일까?

난 생각한다 고로 존재한다
누구인지는 몰라도 존재하는 건 확실
구구한 얘기는 별도이고 난 정말 존재해

난 그런데 스스로 존재하는 자는 아니다
누구든 스스로 존재하는 자는 없어지지 않아
구차한 목숨이지만 붙들고 매달려

난 어디선가에서 왔다가 어디론가 간다
누구든 원하든 원하지 않든 자기 존재는 결국 소멸
구원이든 아니든 십자가를 하나씩 가지고 있다

난 누군가에 의해 계획된 피조물에 틀림없어
누군가에 의해 설계되어 스스로 노화된다
구미 당기지는 않지만 겸손히 위치를 알아야

난 나를 살게 한 존재의 뜻을 알 필요가 있다
누구든 먼저 살았던 선조들의 지혜를 배워
구약이든 신약이든 성경을 보는 것도 좋을 듯

이름 없는 작은 별들

별 볼일 없지만
무시할 순 없어
리라향 은근히

지나쳐 버리고
는개에 사라진

밤하늘 잔별들
에도는 적막함

우리 처음 만났던

그 날 기억나?
대학로 소극장 앞

눈이 소복 쌓였지
부드러웠던
시선이 좋아
던지는 농담마다

사르르 웃어주던
랑만 있던 밤

인스턴트 사랑

초 미니스커트에
롱 다리 쭉쭉 빵빵
꽃다운 젊음들이

필 꽂혀 서로 만나

때 되면 각자 길로

바다를 보면 떠오르는

차마 하지 못했던

한마디 그 말
잔잔한 바다에서 만났던

생생한 그녀의 얼굴
각별히 눈에 보이던 말
나는 널 사랑해

네가 몰라도

네가 가진 것 없을 지라도
가엾이 인자하신 하나님이

최선을 다해 열심히 사는 걸
고스란히 보고 계실 거야
다 위로하고 받아 주시겠지

싸운 다음날 아침

겨우 일어나
울 아내 모습 보네
그리운 듯이

속 마음 달리
에둘러 말하여도
서로 사랑해

부모 생각

엄했던 부모님이
마구 야단 쳤어도

그리운 그 시절이
이렇게 생각 나네
름름히 세월 가서

석양에 물들어도
자상한 그 모습이
가득히 맘에 차네

세월이 유수

봄이 온 듯 하더니
날이 벌써 초여름
은근히 가는 세월

간섭하지 않아도
다 지나가 버리네

호젓한 데이트

사월 어느 밤
월광이 물에 비쳐

그 빛에 일렁이는

잔잔한 호숫가
인적이 하나 없는
한적한 곳에서의

달콤한 키스

따뜻한 봄날 하루

꽃피는 봄에 우리
놀이 삼아 산으로
이런 멋진 곳 찾아

가끔씩 들러야 해
자연스럽게 만나

하루 재미 있으면
네 있는 곳이 천국

동네 어떤 여인

좋은 이웃집 사람을
은애하고 계속 만나더니

걸음걸이가 달라 졌어

어째 조금 뒤뚱뒤뚱
떡 두꺼비 같은 아들 낳기 전
해 넘기기 전에 식 올리기로

어렴풋이 잡힐 듯한

봄바람이 불어오니
이렇게도 반가운걸

왔다가도 사라지고
나왔다가 들어가니

봐도봐도 기억않나
요물같은 봄그림자

유관순 열사를 추모

삼삼한 그날의 전경
월등한 외침속 그대
의연히 앞으로 나서

함성도 크게 외쳤어
성난 시민들 따랐지
이렇게 시작된 만세
여기저기 모두 만세

중심을 어디에 두나?

내 자존감을 키워주는데

안에 가진 것에 대한 칭찬이 아닌
의미 없는 질타는 눈치를 자라게 해요

중심점을 바깥에 놓고 눈치 보지요
심각하게 말해 자존은 중심을 안에 찍고
점을 향해 나아가는 겁니다

가을이 깊어가니

갈바람
잎새 스쳐
은근히 불어

떨림에 흔들려
어지러운
지구 위에
고상한 바람

움직여 조금씩 벗어나게 될 거야

움직여 성공한 사람들은 다른 사람들보다
직접 어려움 없이 목표한 바를
여러 가지로 잘 했을 것 같지만 아냐

벗이 된 "포기"라는 글자에 흔들리는 건
어디나 비슷하지만 그 움직임의 차이는
나를 놓지 않고 슬럼프에도 동기 부여해
기분 좋은 성과를 위해 담금질하고
도전해 끝장을 볼 수가 있어

새해 福 많이 받으십시요

새해가 되었어요
해가 지날수록

복잡한 세상이 되어가요

많은 변화와 새로움이
이 세상에 가득하지요

받아 든 내 몫의 인생이
으리으리하지 않아도
십분 잘 이끌어가면
시원하게 풀려 나갈 거에요
요물 같은 역경은 비틀어 버려요

행복한 시절 올 거에요
복된 삶을 누리세요
한 세상 사는 동안에

새로움과 익숙함을 벗하여
해맑음을 유지하세요

불에 타기 싫다고 해

나름의
목적 있어
이렇게 말해

수줍어서 아냐
줍는 잎
어줍잖게
서글퍼 우네

나뭇잎이 떨어지는 이유

나름 가을이 깊어가니
뭇 나무의 옷을 벗기어
잎으로 땅을 가리우며

떨고 있을 추운 지구를
어쩌면 불쌍히 여기사
지구를 감싸 안으려고
고민하는 하늘의 마음

시향 만리

시향 퍼지네
월등한 그 님의
의미 있는 시

마주하는 마음은
지금 이 순간
막 감동에 또 감동

밤이 새도록

모든 걸 잊고

파도에
도전해 봐
타서 춤추면
기분 좋아질 걸

저녁 노을 바라보니

들녘 지는 놀
꽃무리 퍼지듯이

향기도 번져
기억 저 너머

머나먼 추억 속에
무심한 그이
는개비 속에

언저리만 보이듯
덕아웃 앉아

아쉬움 남아

내 마음 한구석에 당신이 남아 있어

마치 어디에선가 나올 것 같은 느낌
음성이 들리는 듯 모습이 보이는 듯
의미 있는 순간들 마음속 떠오르네

풍상의 세월 속에 상당히 같이 했어
경종의 말씀들을 들어야 했었는데

세상을 물들이는 건

초연한 듯 웃으며 보고 있지만
목숨 걸고 속으로는 투쟁하죠

물질로 가득 차있는 이 세상을
들락날락 감싸고 지배하려는
이 세상 사람들의 마음과 의지
다 아무것도 아닌 것을 왜 그래

초여름의 산허리

초여름의 따사로움에
파랗게 덮인 숲 속에서
일렁이는 나뭇잎들과
의연히 부는 바람 따라

연이어 흩어지는 꽃잎
등성엔 꿋꿋한 바위가

삶은 다양한 것들

삶은 계란이지, 기차역에 보여
의문이지, 삶은 오징어도 있어

방안에서 삶지 않고 구운다면
정말 냄새가 진하게 날수 있어
식사 때 보니 삶은 감자도 있네

스승의 목소리

한번 다시 듣고 싶어
결기 있는 그 소리가
같은 말을 하더라도
은근히 정 담겨 있는

사랑을 듬뿍 머금은
랑랑한 그 님 목소리

이제 헤어지고 나면

가볍게 생각하면 안돼요
까다롭고 또 까다로워야
우리 사이 아무리 친해도
면식이 아주 없는 것처럼
서로 그냥 지나쳐 버리고

먼발치로만 바라다 봐요

이별

새벽 일어나
가방 들고 나서서

아주 먼 길을
느적이는 발길

말 못한 사랑
은은히 가슴 울려

낭랑한 목소리가 퍼져 나가네

바로 어제 만났지만 오늘도 또
이렇게 보고 싶어 여기에 왔어
러시아 병정처럼 음악에 맞춰
스무스하게 춤추며 나아 가네

전국에 봄이 꽉 차

꽃피는 봄에 색색의 꽃들이
들판에는 노란 유채꽃 가득
의미 있는 꽃들이 이곳 저곳

봄에 피는 복사꽃 한창이네
축제가 곳곳에서 진행되고
제주부터 올라온 봄 전국에

하루에도 여름 겨울이

햇볕이 내리쬐는 여름
살을 그을리는 햇살을

닮아서 뜨겁던 그대가
은연중 다가와 하는 말

그만 사랑이 식었다네
대단한 열기 냉냉해 져
여긴 이제 겨울 되었네

당신을 만나 행복

기나긴 세월이 흘러
다가온 소중한 순간
리라 향 가득히 넘쳐
는 행복에 겨워 웃네

행운을 잡았던 거야
복 주신 하나님 감사

좋은 사람 소개하니

귀중한 사랑
한 사람을 만나서

인연이 되고
연속된 만남
이어가 결혼까지
길 순탄하길

아픈 사랑

채 아물지 않은 상처
워낙 힘들었던 사랑
야릇한 여운이 남아

할 수 없는 그대 느낌

여인의 아픈 눈길에
백치같이 그냥 돌려

황혼의 들녘

은은하게 노을이 지면
빛에 물든 하늘과 구름

물결치듯 붉은색 깔려
결을 따라 퍼져 나간다

억세게 뚫고 나온 풀잎
새로운 세상을 만드네

오랜만에 받은 그녀의 편지

향기가 넘치는 당신의 편지
기운이 흘러 들어 내 가슴에
로맨스를 다시 불러 일으켜

머지 않은 곳에 항상 머물며
문학소녀의 꿈을 늘 간직한
너의 아름다운 문장을 보네

미망인

달밝은 밤에
콤콤한 내음
한없는 사랑

거울속 마음
짓누른 열정
말로는 못해

빛으로 시를 디자인 하다

● 제2부 - 무지개 행시

　　　(파장에 따른 다중굴절현상)

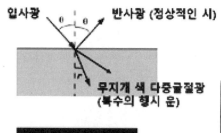

입사광　　　　반사광 (정상적인 시)

무지개 색 다중굴절광
(복수의 행시 운)

어느 봄날에

봄
봄 봄 →
봄을 봄 →
봄놀이 봄 →
봄에 웃어 봄 →
봄을 맞이해 봄 →
봄이 너무 좋나 봄 →
봄날아침 일어나 봄 →
봄비를 맞으며 걸어 봄
봄을 뚫고 나온 꽃잎을 봄
봄바람에 떨리는 내마음을 봄
봄을 좋아하는 아내 모습 새겨 봄
봄날 아내 손잡고 벚꽃 길을 걸어 봄
봄이 인생에 몇번 왔는지 세어 봄
봄에 다 같이 술잔을 기울여 봄
봄이 되어 인생을 되돌아 봄
봄날에 쓸쓸한 맛 느껴 봄
봄과는 다른 인생을 봄
봄도다리를 먹어 봄
봄꽃 머리 꽂아 봄
봄기분 느껴 봄
봄에 취해 봄
봄 기대 봄
봄을 봄
봄 봄
봄
봄나들이로 아이들과 함께 바닷가로 같이 가 봄
봄에 돛을 달아 배를 띄우고 봄노래를 불러 봄
봄볕 속에서 낚시를 드리워 봄도다리 낚아 봄
봄 바다에 산책 나온 젊은이 한쌍을 바라 봄
봄이 다시 오듯 젊음과 늙음의 반복됨을 봄
봄에 담아두신 하나님의 마음을 생각해 봄

사랑한다 고백

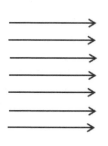

치 킨 하 고 맥 주 를
그 뒤 치 맥 치 우 고
좋 다 는 마 음 다 해
손 을 잡 고 다 닐 손
좁 다 란 숲 길 다 음
웬 만 치 경 치 본 후
너 에 게 고 백 했 지

위에서 이래로, 다시 위로
좌방향 또는 우방향으로
마름모꼴 운(韻) 반복 :
'고치다 손 다치고'

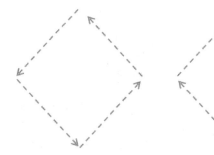

사기꾼의 일상

오/금이 저려와 오/줌도 못누네
늘/하던 일인데 늘/해도 잘안돼
도/저히 안되네 도/무지 어려워

다/그만 두어야 다/관두고 가자
녀/자는 다르지 녀/자는 할만해

갔/더니 못오네 갔/으면 그만야
네/가모두 다해 네/가하면 될걸?

하나님이 쓰는 시

한/ 가/위 달빛
가/ 을/로 가는 맘을
위/ 로/해 주네

둥/ 글/게 걸려
근/ 사/한 시가 됐네
달/ 랑/ 시 하나

둥/ 글/ 둥글한
근/ 사/한 보름달은
달/ 랑/ 한 개뿐

여야 대치

거/칠게 거/부하며 거/리를 걸/어가요
너/절한 너/털웃음 너/무나 널/부러져
더/불어 더/부살이 더/욱더 덜/어내네
러/너로 러/프하게 러/시를 럴/럴하며
머/무니 머/지않아 머/슴이 멀/미하네
버/티고 버/티어도 버/릇에 벌/서야죠
서/럽고 서/글퍼서 서/운해 설/설기니
어/깃장 어/렵사리 어/지런 얼/룩지네
저/돌적 저/항으로 저/질에 절/망하며
처/절한 처/신으로 처/리를 철/저하게
커/넥션 커/버하여 커/다란 컬/링으로
터/놓고 터/널뚫어 터/전을 털/어내요
퍼/즐을 퍼/맞추고 퍼/부어 펄/펄뛰니
허/전한 허/점있어 허/허허 헐/겁네요

사랑했었는데, 차였나 봐

가/만히 가/만히 가/까워 가/려고 가/고가/
나/로선 나/름의 나/만의 나/라에 나/가나/
다/감함 다/같이 다/정히 다/가와 다/왔다/
라/랄라 라/이브 라/이프 라/인에 라/랄라/
마/땅히 마/주한 마/음이 마/주쳐 마/그마/
바/람이 바/꿔어 바/둥대 바/르게 바/라바/
사/실은 사/람둘 사/랑한 사/이돼 사/하사/
아/이고 아/파라 아/이템 아/찔해 아/쿠아/
자/꾸만 자/기를 자/랑한 자/한은 자/랑자/
차/분히 차/먹다 차/갑게 차/이니 차/디차 /
카/랑한 카/드로 카/스를 카/하며 카/프카/
타/이밍 타/령해 타/인들 타/일러 타/고타/
파/워가 파/래서 파/김치 파/트너 파/고파/
하/나도 하/지마 하/나님 하/실걸 하/하하/

부모 없는 시대에 사는 건가?

자/식은 보물인데　부/모는 어찌생각
식/견을 많이많이　모/은다 하고살지
들/을귀 있으며는　는/식견 있을수도

다/아는 세상천지　없/는게 하나없지
크/나큰 이상속에　는/생각 없는부모
고/상한 사회에서　시/대에 맞춰사니
나/만을 생각하고　대/부분 부모실종
면/해서 생각하면　에/너지 낭비인가

고요한 밤 향수鄕愁 잠겨

고/요한 밤 침상 향/해 밝은 달빛
요/렇게 넓은 땅 수/분 맺힌 서리
한/번 고개 들어 잠/깐 달을 보고
밤/새 자리 들어 겨/울 고향 생각

난초에 걸려

해/가 쑥
맑게 올라
게으른 소 비추다

돈/아나
아름다운
난초 잎 사이 걸려

이/렇게
파란 하늘에
리본처럼 휘어져

가을의 봄 노래

망/설여
울 밑에 핀
진달래 꽃잎 속에

초/라한
봄 아가씨
의연히 자리잡네

꽃/잎에
송송 맺혀진
이슬이 함께 하네

저승사자

속/이고
이기려고
타인을 괴롭히다

삭/발 후
네 발 기어
요기로 나왔는데

임/자가
때를 맞추어
문 뒤에서 나타나

운 좋으면 만날 수도

해/넘이
지고나니
고요한 빗줄기가

와/중에
봐야 하는
요란한 천둥번개

달/님은
빛 잃어버려
에너지가 떨어져

.

트럼프의 나라

대/국의
단호함이
한없이 강경하니

나/라의
라이프가
가여워 보이네요

무/모한
식견 앞세워
해결하려 하네요

새 봄에 새 춤을

봄/날을
맞이하여
이야기 해봅시다

맞/추어
추는 춤이
면면한 전통이나

이/어온
면모를 바꿔
각오 다져 다같이

재벌은 다르네요

황/색의
실로 엮어
의관을 장식하니

국/화가
화려하게
꽃으로 수놓은 듯

화/사한
사모님 복장
해도 해도 너무해

삶을 이끌어 주는 스승의 마음

한/없이 스/며드네
결/연한 승/리 위해
같/이한 의/지 모아
은/근히 날/ 지원해

사/랑이 되/신 스승
랑/만이 어/지럽네

피조물을 대표해서 찬송

기/ 기/ 묘묘한 하나님의 솜씨
해/ 해/ 웃으며 하나님을 찬양
년/ 년/생 동생하고 같이 기도
의/ 의/는 모든 피조물에 있어
희/ 희/낙낙 즐거운 천국 여기
망/ 망/대해 건너 있는게 아냐

오래간만에 만났는데

이/ 이/는 뭐해
산/ 산/이 부서진 맘
가/ 가/ 오래요?
족/ 족/ 만나요
상/ 상/하진 못했어
봉/ 봉/ 마셔요

그대와 같이

가/만히 가/지요
나/란히 나/란히
다/같이 다/소곳
라/디오 라/랄라
마/당에 마/중해
바/닷가 바/람쐬
사/무친 사/랑을
아/프게 아/울러
자/기와 자/스민
차/하다 차/말고
카/하고 카/하면
타/지에 타/령해
파/랗게 파/먹고
하/이얀 하/늘봐

내 마음 그대에게

가/만 가/만히
나/름 나/서서
다/시 다/가서
라/인 라/이트
마/치 마/음을
바/로 바/치는
사/랑 사/무쳐
아/마 아/무도
자/기 자/신을
차/례 차/례로
카/드 카/바해
타/짜 타/령함
파/국 파/탄이
하/하 하/얗게

패스트 트랙

개/판인 국/회속에
내/부가 눅/눅하니
대/치한 둑/이터져
래/퍼가 룩/업외쳐
매/듭이 묶/어지니
배/경에 북/적거려
새/논리 숙/지하여
애/당초 욱/여대니
재/미가 죽/여주네
채/색이 축/쳐져서
캐/보니 쿡/지꺼기
태/도가 툭/툭거려
패/대기 푹/치니까
해/결이 훅/한방에

갑질을 멈추시죠

갑/질이 갑/갑하네
납/득은 납/작해져
답/답한 답/변되니
랍/스타 랍/시라네
맙/소서 맙/시라고
밥/위에 밥/풀엎어
삽/시간 삽/질하니
압/박의 압/력커져
잡/스런 잡/이돼요
찹/스틱 찹/살떡에
캅/들이 캅/셀에다
탑/부터 탑/차태워
팝/튀겨 팝/콘처럼
합/리가 합/죽돼도

정은이 트럼프와 협상모색

갈/수록 간/단찮아
날/마다 난/리쳐도
달/라요 단/단하죠
랄/라리 란/리피다
말/썽의 만/용곤란
발/사한 반/쪽무기
살/기에 산/뜩하니
알/고는 안/하지요
잘/못한 잔/꾀로는
찰/나에 찬/스놓쳐
칼/날이 칸/칸있어
탈/나지 탄/로나면
팔/것을 판/단하고
할/배를 한/번흉내

건보 재정 악화

건/보가 걱/정되네

년/지시 녁/살이네

던/져진 덕/담인듯

런/아웃 럭/셔리해

먼/지가 먹/구름에

번/져서 벅/차게돼

선/택에 석/죽어서

언/제나 억/소리나

전/략을 적/당히해

천/하를 척/박하게

컨/설팅 컥/컥대니

턴/하는 턱/주가리

펀/드로 퍽/때려서

헌/납에 헉/헉대리

북한과 미국의 2차 정상회담 결렬

가/능할 것이라고 북/한이 기대갖고
나/름의 의견으로 한/반도 논의하자
다/양한 방법써서 과/장도 해가면서
라/운드 뛰어넘어 미/국을 불러냈죠
마/땅한 방법대해 국/가적 차원으로
바/라는 내용들의 의/견을 제시했죠
사/안별 이견으로 2/개국 타협무산
아/쉬운 상황이나 차/츰더 개선해서
자/신의 요구들을 정/말로 재검토해
차/가운 현실감안 상/생을 모색해야
카/드를 바꾸어서 회/담을 계속하고
타/협을 이루어서 담/에는 기회잡아
파/트너 만족하는 결/과를 주고받아
하/나된 세계평화 렬/광해 지지하길

여주 4.3만세운동. 대한독립만세

가/만히 번졌어요 여/주의 이포부터
나/루터 근처에서 주/민들 독립만세
다/같이 외침으로 사/실상 시작됐죠
라/이벌 규탄하며 삼/천여 군중들이
마/을을 점거하고 만/세를 불렀어요
바/쁘게 번지면서 세/상에 알려졌죠
사/태가 확대되며 운/동은 북내까지
아/프게 억압하니 동/포들 외쳤지요
자/유와 주권달라 대/신도 합류했죠
차/가운 현실에서 한/마음 한뜻으로
카/랑한 소리높여 독/립을 주장하며
타/국은 물러가라 립/국을 요구하고
파/트너 합세하여 만/세를 부르짖어
하/나로 뭉치어서 세/상에 외쳤어요

죽음이 두렵지 않다면 거짓말이지

가/만히 두려워져 죽/음의 명제때문
나/이는 문제아냐 음/악이 들리듯이
다/치면 아프듯이 이/맘이 아프네요
라/스트 보이며는 두/려운 마음들죠
마/음속 내자신은 렵/기적 건강체질
바/빠도 당신생각 지/겹지 않거든요
사/랑이 계속되지 않/으면 죽음이죠
아/무리 거부해도 다/른게 없답니다
자/신이 눈감으면 면/면히 떠오르죠
차/츰은 정리하고 거/부도 해보지만
카/드가 더는없어 짓/누른 감정만이
타/격이 되어와서 말/못할 고통돼요
파/랗게 변하며는 이/승을 떠나야죠
하/나님께 기도후 지/긋이 기다려요

당신과 함께 하는 시월의 마지막 밤

가/다가 당/기는 세월

나/혼자 신/과의 대화

다/지난 과/거라 해도

라/이프 함/께 했었지

마/주해 께/갱 싸워도

바/람과 하/나돼 흘러

사/랑의 는/ 감정속에

아/직도 시/월 생각나

자/욱한 월/광속 만남

차/갑게 의/미 사라져

카/페서 마/시던 술도

타/임이 지/나가 버려

파/티는 막/ 끝나가고

하/얗게 밤/이 새버려

마무리 하자

가/나다라 가/져다
나/름대로 나/대나
다/해봐요 다/같이
라/이브한 라/이프
마/술같이 마/음도
바/꾸어서 바/라봐
사/랑해요 사/연들
아/무라도 아/울러
자/신있는 자/기글
차/례대로 차/렸어
카/드다양 카/니발
타/박해도 타/개해
파/묻어도 파/다닥
하/하웃어 하/여간

영화 완득이를 보고 쓴 자한 김기수

가/난한 가정에 영/ 힘이들었죠
나/가니 알바가 화/가나 죽겠어
다/문화 가정이 완/전히 힘들어
라/이프 궁핍해 득/되는게 없어
마/지막 수단은 이/겨내는 거야
바/꿔는 상황이 를/를하지 않아
사/춘기 어렵게 보/내게 되었지
아/직도 서먹해 고/민된 어머니
자/꾸만 다가와 쓴/소리 했었지
차/가운 환경중 자/상한 선생님
카/드를 꺼내어 한/가/지 추천해
타/격을 배우니 김/나게 열심히
파/워를 키우고 기/술이 늘어나
하/나씩 변하고 수/수한 생활을

하늘과 호수가 하루 종일 꽁냥꽁냥

가/만히 스며든 하/늘이 호수에 빠져
나/룻배 지나면 늘/ 흔들 흔들거린다
다/시 잠잠하면 과/거의 추억에 잠겨
라/단조 곡조를 호/수 면에 연주한다
마/구 흔들어서 수/면 위 어지럽히다
바/람처럼 스쳐 가/벼운 선을 그으며
사/연슬픈 얘기 하/나를 품고 흐른다
아/련한 종소리 루/루 멀리 들려오면
자/색 그림자에 종/일 잔잔하던 물결
차/츰 어두어져 일/과를 마무리 하니
카/페의 연기속 꽁/한 향기 펴오르면
타/오른 노을뒤 냥/이 살짝 다가와서
파/란하늘 벗해 꽁/냥 꽁냥 속삭인다
하/루해 접으니 냥/이도 이젠 자야지

빠르게 댓글을 주시니

갈/수록 가/경이오

날/째게 나/오셨소

달/달한 다/과처럼

랄/라라 라/이프굿

말/씀을 마/시구려

발/길이 바/람직해

살/피어 사/시도록

알/뜰히 아/끼겠소

잘/하오 자/신있게

찰/떡을 차/린듯이

칼/소리 카/랑해도

탈/없이 타/고가소

팔/팔한 파/워갖고

할/말은 하/십시다

진실 지키면 원만, 물욕엔 흐트러짐
(守眞志滿 逐物意移)

가/득찬 의지갖고 진/실을 사수하며
나/부터 정직하게 실/생활 살아가고
다/같이 살아가는 지/혜를 맘에두고
라/인을 지키면서 키/워드 간직하네
마/음을 다잡아서 면/모를 갖춘다면
바/탕이 깔끔해져 원/만한 행동거지
사/리에 맞게되고 만/족한 삶이되리
아/직도 마음속에 물/욕이 남았으면
자/세를 바로잡아 욕/심을 내려놓고
차/분히 웃음으로 엔/돌핀 쏟아내어
카/드를 다양하게 흐/뭇히 웃다보면
타/오른 욕망마저 트/릿히 사라지고
파/아란 하늘보니 러/블리 마음되고
하/나님 도움주셔 짐/들이 가벼워져

인생이 흘러가는 길목에 서있지요

가/슴이 답답한게 　인/생인지도 몰라
나/름의 해답찾아 　생/을 마구헤맸죠
다/양한 삶의형태 　이/렇듯 각양각색
라/이프 힘들어도 　흘/려서 보낸세월
마/음을 달래려고 　러/닝머신 위에서
바/쁘게 뛰어대며 　가/는세월 잊기도
사/랑이 없다지만 　는/주름 속에담아
아/껴서 키워내니 　길/조가 차곡쌓여
자/잘한 주름들이 　목/까지 하나둘씩
차/가운 지성으로 　에/너지 집중하여
카/드를 바꿔가며 　서/기에 힘을쓰고
타/이밍 맞추어서 　있/는기회 잡아내
파/워를 키워가니 　지/난날 추억하며
하/하하 웃으면서 　요/렇게 사는군요

광복절 대한독입, 광복절 대한민국

가/로변 뛰어나와 광/장에 외쳤지요
나/라를 되찾아서 복/지국 만들고자
다/같이 목을놓아 절/규의 대한독립
라/이프 다시얻어 대/한민 함께하며
마/침내 일본패망 한/민족 승리외쳐
바/라고 바랐었던 독/립국 건설하고
사/방에 외치면서 립/헌국 선포하네
아/직도 감동하여 광/장에 엉켜안아
자/유를 기반으로 복/구해 국가제도
차/례로 일본꺾어 절/구통 만들고서
카/랑한 목소리로 대/마도 까지외쳐
타/오른 열기모아 한/민족 자주독립
파/아란 청사진의 민/족의 독립국가
하/나의 마음으로 국/가를 열었지요

장마 이어 태풍 부니 온통 물바다네

가/뭄을 씻겨주는 장/맛비 내려오니
나/무와 식물들이 마/구마구 신나네
다/듬이 소리같이 이/렇게 난타처럼
라/인을 따르면서 어/지럽게 소리쳐
마/당에 흘러가니 태/반이 패이네요
바/다로 쓸어가는 풍/진세상 청소부
사/나운 바람부니 부/리나케 점검해
아/직도 부실하면 니/힘다해 예비해
자/꾸만 몰아치니 온/천지 물난리네
차/가운 물넘치니 통/으로 물을받아
카/랑한 목소리로 물/들어 온다외쳐
타/격을 입히면서 바/다가 넘쳐나네
파/워가 점점줄어 다/지나 가게되니
하/늘은 파래지고 네/마음 밝아진다

돌아온 탕자

가/서는 허랑방탕 가/산을 탕진하고
나/라가 흉년이라 나/락에 떨어져서
다/시금 귀향하여 다/만 일군으로만
라/벨을 낮추고서 라/이프 연명하길
마/음을 정하고는 마/치 거지행색에
바/쁘게 준비하여 바/라는 집에가니
사/랑을 베풀어서 사/람을 맞이하네
아/무리 감사해도 아/들이 부족할듯
자/신은 고생해도 자/식은 잘살아야
차/가운 장남불구 차/남도 챙겨주네
카/드가 여럿중에 카/드하나 빼들어
타/인도 돕지마는 타/락한 아들에게
파/워를 나누어서 파/산한 차남에도
하/사를 하여주니 하/염없이 감사해

금 연

가/슴이 답답하면 각/혈은 안하시나?
나/에게 치명이면 낙/은 무엇인지요?
다/양한 형태로서 닥/달하진 마시오
라/인 깨끗하려면 락/스를 쓴것처럼
마/음을 독하게해 막/ 끊어야되지요
바/르게 끊으려면 박/박기어야 돼요
사/람이 부실하고 삭/막해지기 전에
아/직도 흡연으로 악/소리 나면곤란
자/식을 위해라도 작/심을 해야지요
차/갑게 생각해서 착/수해 보시지요
카/랑한 목상태에 칵/칵 가래뱉으면
타/격이 계속되죠 탁/한공기도 일조
파/트넌 괜찮은데 팍/팍 늙어가게돼
하/하하 웃을때에 학/학대며 살게돼

그대와 헤어지고 나서

가/만히 가/볍게
나/혼자 나/가서
다/잊고 다/가가
라/틴술 라/랄라
마/시고 마/셨지
바/로그 바/로뒤
사/흘을 사/르고
아/침에 아/련히
자/고난 자/리를
차/고서 차/타고
카/약과 카/누를
타/고또 타/보니
파/아란 파/도가
하/늘에 하/얗게

지난 세월 돌아보니 아무도 없네

가/만히 살피면서 지/형을 더듬어서
나/로서 하나하나 난/동네 둘러보네
다/시금 생각하니 세/세한 기억들이
라/이벌 비해서는 월/등히 못했지만
마/법을 부리듯이 뒤/집기 성공하며
바/쁘게 살았었던 돌/같은 세월에서
사/심이 없었었고 아/직도 공정하죠
아/이템 꾸준하게 보/도를 질주하고
자/신의 능력키워 니/힘을 발휘하여
차/선을 지키면서 아/군을 만들어가
카/드를 사용하여 무/어든 성공하니
타/인이 알아주는 것/들도 시작했죠
파/아란 하늘아래 없/는것 많았지만
하/나님 생각하면 네/맘도 배부르지

난 어려운 줄도 모르고 세상 살았네

가/능성 희박하여　난/해한 문제로서
나/오는 한숨이니　어/려운 상황으로
다/양한 사항들이　려/전히 줄줄이꿰
라/인이 난해하고　운//맞추기 힘들어
마/음을 지배하는　줄/고민 살펴보고
바/라는 방향으로　도/전목표 설정해
사/력을 다하여서　모/든힘 다바쳐서
아/이템 신선하게　르/굿이 정리하여
자/신감 가지고서　고/심해 일하면서
차/가운 이성으로　세/세히 정리하고
카/드가 다양하게　상/세히 임하면서
타/격을 잠재우고　살/능력 발휘하여
파/워를 키우면서　앉/사 인생보람차
하/하하 웃으면서　네/복을 노래해요

빛으로 시를 디자인하다

● 제3부 - 가로세로 행시

　　(대칭에 의한 반사현상)

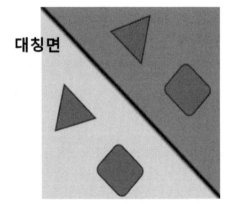

세월과 시인의 대화

인 생 은 가 고 오 고
생 명 은 고 독 한 통
은 은 한 가 을 속 에
가 고 가 는 세 월 이
고 독 을 세 니 등 골
오 한 속 월 등 화 나
고 통 에 이 골 나 나

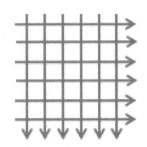

인생은 가고 오고
생명은 고독한 통
은은한 가을 속에

가고 가는 세월이
고독을 세니 등골

오한 속 월등 화나
고통에 이골 나나

돈은 얼마든지 있어

용 돈 은 쓰 고 살 아
돈 벌 자 고 하 면 서
은 자 돈 돼 나 주 라
쓰 고 돼 도 버 는 돈
고 하 나 버 리 지 만
살 면 주 는 지 갑 이
아 서 라 돈 만 이 써

용돈은 쓰고 살아
돈 벌자고 하면서
은자 돈 돼 나 주라

쓰고 돼도 버는 돈
고 하나 버리지만

살면 주는 지갑이
아서라 돈만 이써

행시 땜애 웃어요

문 자 삼 행 시 단 순
자 유 행 시 풍 순 수
삼 행 시 만 을 행 한
행 시 만 든 행 운 아
시 풍 을 행 한 아 이
단 순 행 운 아 이 웃
순 수 한 아 이 웃 음

文字 三行詩 單純
自由行詩 風 純粹
三行詩 만을 行한
行詩 만든 幸運兒
詩風을 行한 아이
單純 幸運兒 이웃
純粹한 아이 웃음

이웃으로 만나 다시 첫사랑

소 생 한 너 이 웃
생 방 송 의 다 음
한 송 이 마 음 꽃
너 의 마 음 꽃 이
이 다 음 꽃 이 필
웃 음 꽃 이 필 때

소생한 너 이웃
생방송의 다음
한 송이 마음 꽃
너의 마음 꽃이
이 다음 꽃이 필
웃음꽃이 필 때

그리움의 노래

그 마 음 이 생 보
마 춤 악 곡 이 고
음 악 정 말 아 픈
이 곡 말 씀 주 사
생 이 아 주 우 람
보 고 픈 사 람 아

그 마음이 생보
마춤 악곡이고
음악 정말 아픈
이 곡 말씀 주사
생이 아주 우람
보고픈 사람아

** 생보 : 지금 세상에서 지은 선악에 따라
   다음 세상에서 받는 인과응보

황금 먹는 돼지해

목 돈 은 봉 황
돈 먹 자 지 금
은 자 다 돈 돼
봉 지 돈 차 지
황 금 돼 지 해

목돈은 봉황
돈 먹자 지금
은자다 돈 돼
봉지 돈 차지
황금 돼지해

알함브라 궁전의 추억

게 임 이 출 생 한
임 의 멋 발 명 해
이 멋 진 함 정 의
출 발 함 정 말 끝
생 명 정 말 강 자
한 해 의 끝 자 락

게임이 출생한
임의 멋 발명해
이 멋진 함정의

출발함 정말 끝
생명 정말 강자

한 해의 끝자락

VR인 나는 너의 꽃

새 들 이 하 늘 날 고
들 판 에 는 꽃 피 고
이 에 또 맘 들 어 해
하 는 맘 즐 긴 네 게
늘 꽃 들 긴 장 게 임
날 피 어 네 게 꿈 도
고 고 해 게 임 도 돼

새들이 하늘 날고
들판에는 꽃 피고
이에 또 맘 들어 해

하는 맘 즐긴 네게
늘 꽃들 긴장 게임

날 피어 네게 꿈도
go go해 게임도 돼

* VR: Virtual Reality 가상현실

가느다란 봄 햇살

연두빛버드나무
두세줄들리는시
빛줄기가는봄해
버들가지속에다
드리는속삭임과
나는봄에임탓해
무시해다과해요

연두 빛 버드나무
두 세줄 들리는 시
빛 줄기 가는 봄 해

버들가지 속에다
드리는 속삭임과
나는 봄에 임 탓해
무시해 다 과해요

참 좋은 너의 음악

오 청 아 해 네 음 악
청 춘 주 막 이 을 곡
아 주 좋 아 음 섞 인
해 막 아 빛 이 어 정
네 이 음 이 신 나 해
음 을 섞 어 나 누 네
악 곡 인 정 해 네 감

오, 淸雅해 네 音樂

청춘 주막 이을 曲
아주 좋아 音 섞인
해 막아 빛 이어 情

네 이음이 신나 해

音을 섞어 나누네
악곡 인정해, 네 感

내가 미쳤나 봐

어 깨 춤 춘 다
깨 어 난 정 신
춤 난 개 꿈 안
춘 정 꿈 인 해
다 신 안 해 요

어깨 춤 춘다
깨어난 정신
춤, 난 개꿈 안

춘정, 꿈 인해
다신 안해요

가을의 시집 하나

낭 만 적 인 시 한 수
만 족 당 연 한 시 상
적 당 한 멋 수 북 한
인 연 멋 진 가 을 이
시 한 수 가 멋 저 유
한 시 북 을 저 술 해
수 상 한 이 유 해 설

낭만적인 詩 한 수
滿足, 당연한 詩想
적당한 멋 수북한
인연 멋진 가을이

詩 한 수가 멋저유

한 詩 book 을 저술해

殊常한 이유 해설

너는 나의 꿈

참 좋 아 해 네 큰 꿈
좋 은 벗 님 있 기 에
아 주 멋 진 기 쁨 이
해 님 진 빛 에 이 어
네 있 기 에 신 나 서
큰 기 쁨 이 나 오 는
꿈 에 이 어 서 는 법

참 좋아해 네 큰 꿈

좋은 벗님 있기에
아주 멋진 기쁨이
해님 진 빛에 이어

네 있기에 신나서

큰 기쁨이 나오는

꿈에 이어 서는 법

내 집이 꿈에 고향

오 세 오 내 집 최 고
세 상 늘 꿈 에 고 향
오 늘 밤 에 꼴 찌 에
내 꿈 에 사 랑 질 서
집 에 꼴 랑 돌 아 온
최 고 찌 질 아 같 소
고 향 에 서 온 소 식

오세오 내 집 최고
세상 늘 꿈에 고향
오늘 밤에 꼴찌에
내 꿈에 사랑 질서
집에 꼴랑 돌아온
최고 찌질아 같소
고향에서 온 소식

파일럿 삶의 보람

보 람 이 또 삶 인 가
람 보 같 이 인 생 을
이 같 은 삶 그 이 상
또 이 삶 이 멋 활 공
삶 인 그 멋 정 력 에
인 생 이 활 력 찾 아
가 을 상 공 에 아 슬

보람이 또 삶인가
람보 같이 인생을
이 같은 삶, 그 이상

또 이 삶이 멋, 활공

삶인 그 멋 정력에
인생이 활력 찾아
가을 상공에 아슬

북한산에 오르니

행 시 모 두 삼 각 산
시 모 든 운 줄 진 행
모 든 다 행 시 운 에
두 운 행 시 가 시 향
삼 줄 시 가 더 향 기
각 진 운 시 향 더 나
산 행 에 향 기 나 요

행시 모두 삼각산
詩 모든 韻 줄 진행

모든 다행시 韻에
頭韻 행시가 시향

삼줄 시가 더 향기
각진 韻 시향 더 나
산행에 향기 나요

봄에 한잔 하니, 절로 시가

봄 또 오 시 나 보 네
또 서 늘 한 마 음 준
오 늘 밤 수 저 한 술
시 한 수 에 술 잔 이
나 마 저 술 잔 에 시
보 음 한 잔 에 권 주
네 준 술 이 시 주 네

봄 또 오시나 보네

또 서늘한 마음 준

오늘 밤 수저 한 술
시 한 수에 술잔이
나 마저 술잔에 시

보음 한 잔에 권주
네 준 술이 시주네

어떤 여배우의 재기

참 멋 진 인 형 바 비
멋 진 흔 들 바 람 온
진 흔 적 뒤 로 온 날
인 들 뒤 로 한 후 의
형 바 로 한 묘 의 수
바 람 온 후 의 광 채
비 온 날 의 수 채 화

참 멋진 인형 바비

멋진 흔들 바람 온
진 흔적 뒤로 온 날

人들 뒤로 한 후의
형 바로 한 妙의 수

바람 온 후의 광채
비 온 날의 수채화

동학사 벚꽃 축제

새 봄 벚 꽃 나 무 숲
봄 의 꽃 핀 행 진 속
벚 꽃 향 표 시 장 착
꽃 핀 표 현 도 가 한
나 행 시 도 멋 지 오
무 진 장 가 지 솔 솔
숲 속 착 한 오 솔 길

새 봄 벚꽃 나무 숲
봄의 꽃 핀 행진 속

벚꽃 향 표시 장착
꽃 핀 표현도 가 한

나 행시도 멋지오
무진장 가지 솔 솔
숲 속 착한 오솔길

다이어트, 습기처럼 잘 빠져

정 말 고 맙 습 니 다
말 끔 해 소 기 본 이
고 해 성 사 어 디 루
맙 소 사 어 째 살 어
습 기 어 째 잘 빼 져
니 본 디 살 빼 이 웃
다 이 루 어 져 웃 어

정말 고맙습니다
말끔 해소 기본이

고해성사 어디루
맙소사 어째 살어
습기 어째 잘 빼져
니 본디 살 빼, 이웃
다 이루어져 웃어

세상 살아보니

좀 웃 긴 인 생 인 가
웃 는 삶 화 안 생 기
긴 삶 일 단 측 은 도
인 화 단 결 에 참 고
생 안 측 에 제 한 이
인 생 은 참 한 순 간
가 기 도 고 이 간 다

좀 웃긴 인생인가

웃는 삶 和顔 生氣

긴 삶 일단 측은도

인화 단결 에 참고

생 안측에 제한이

인생은 참 한 순간

가기도 고이 간다

억새의 추억

억 새 그 꽃 다 운
새 벽 이 슬 정 에
그 이 아 픔 하 나
꽃 슬 픔 의 게 시
다 정 하 게 글 써
운 에 나 시 써 요

억새 그 꽃다운
새벽 이슬 情 에

그이 아픔 하나

꽃 슬픔의 게시
다정하게 글 써
韻에 나 시 써요

꽃은 봄이 쓰는 댓시

다 시 온 계 절 이
시 에 계 속 대 귀
온 계 절 빛 발 한
계 속 빛 의 표 출
절 대 발 표 하 세
이 귀 한 출 세 를

다시 온 계절이
시에 계속 대귀

온 계절 빛 발한

계속 빛의 표출
절대 발표하세
이 귀한 출세를

밝은 세상 만드세

햇 살 고 운 창 가 에
살 금 턱 을 넘 자 너
고 턱 을 차 고 들 지
운 을 차 례 로 꽃 펴
창 넘 고 로 망 찾 세
가 자 들 꽃 찾 으 세
에 너 지 펴 세 세 상

햇살 고운 창가에
살금 턱을 넘자너

고 턱을 차고 들지
운을 차례로 꽃 펴

창 넘고 로망 찾세
가자 들꽃 찾으세
에너지 펴세 세상

봄 맞아 다시 쓴 시

무 지 개 추 억 이 여
지 난 시 가 울 어 유
개 시 시 작 한 봄 에
추 가 작 품 과 멋 도
억 울 한 과 거 에 도
이 어 봄 멋 에 반 한
여 유 에 도 도 한 시

무지개 추억이여
지난 시가 울어유
개시 시작한 봄에

추가 작품과 멋도
억울한 과거에도
이어 봄 멋에 반한
여유에 도도한 시

대낮에 또 자려구?

햇 살 가 득 한 대 낮
살 짝 거 의 또 단 잠
가 거 든 한 번 해 용
득 의 한 봄 꿈 또 꿈
한 두 번 꿈 꿔 자 꾸
대 단 해 또 자 보 려
낮 잠 용 꿈 꾸 려 나

햇살 가득한 대낮
살짝 거의 또 단잠

가거든 한번 해용
득의한 봄 꿈 또 꿈
한두 번 꿈꿔 자꾸

대단해 또 자 보려
낮잠 용꿈 꾸려나

멋진 봄 꽃 홍매화

홍 매 화 꽃 핀 봄 산
매 화 향 내 꽃 밭 에
화 향 좋 음 중 에 서
꽃 내 음 이 멋 진 종
핀 꽃 중 멋 진 품 종
봄 밭 에 진 품 볼 만
산 에 서 종 종 만 나

홍매화 꽃핀 봄 산
매화 향내 꽃밭에
화향 좋음 중에서

꽃 내음이 멋진 종
핀 꽃 중 멋진 품종

봄 밭에 진품 볼 만

산에서 종종 만나

여인의 웃음을 주제로

포 함 하 여 풀 이 해
함 께 웃 자 면 웃 어
하 웃 자 숨 큰 영 화
여 자 숨 은 형 상 도
풀 면 큰 형 님 이 한
이 웃 영 상 이 될 가
해 어 화 도 한 가 지

포함하여 풀이 해
함께 웃자면 웃어
하 웃자 숨 큰 영화
여자 숨은 형상도

풀면 큰 형님이 한
이웃 영상이 될가
해어화도 한 가지

여행에서 만났던 님

님 아 날 참 반 기 네 요
아 름 다 운 추 억 여 행
날 다 람 쥐 하 늘 행 보
참 운 쥐 같 네 수 이 가
반 추 하 네 수 줍 은 날
기 억 늘 수 줍 은 안 개
네 여 행 이 은 안 간 힘
요 행 보 가 날 개 힘 줘

님아 날 참 반기네요
아름다운 추억여행

날다람쥐 하늘 행보

참 운 쥐 같네 수이 가

반추하네 수줍은 날
기억 늘 수줍은 안개
네 여행 이은 안간 힘
요 행보가 날개 힘 줘

행시 따라 가는 길

한 발 두 발 가 는 길
발 치 보 이 는 별 이
두 보 시 가 별 빛 을
발 이 가 는 대 로 해
가 는 별 대 희 망 빛
는 별 빛 로 망 되 나
길 이 을 해 빛 나

한발 두발 가는 길
발치 보이는 별이

두보 시가 별 빛을
발이 가는 대로 해
가는 별 대희망 빛
는 별 빛 로망 되나

길 이을 해 빛나요

요정과 닐리리 산책

오 솔 길 을 거 닐 다
솔 밭 표 지 닐 니 리
길 표 지 로 다 리 에
을 지 로 길 가 다 가
거 닐 다 가 만 나 던
닐 니 리 다 나 가 요
다 리 에 가 던 요 정

오솔길 을 거닐다
솔밭 표지 닐니리
길 표지 로다리에
을지로 길 가다가

거닐다가 만나던
닐니리 다 나가요
다리에 가던 요정

어떤 시인과 동행

낭 만 적 꽃 길 동 행
만 난 시 인 이 행 복
적 시 에 생 명 다 한
꽃 인 생 담 을 시 가
길 이 명 을 도 드 락
동 행 다 시 드 는 가
행 복 한 가 락 가 득

낭만적 꽃길 동행
만난 시인이 행복
적시에 생명 다 한

꽃 인생 담을 詩가
길이 命을 도드락

동행 다시 드는가
행복한 가락 가득

내 사랑 연에 담아

멋 진 내 사 연 내 연
진 정 사 랑 에 맘 에
내 사 랑 불 탈 이 날
사 랑 불 태 운 실 아
연 에 탈 운 딸 려 올
내 맘 이 실 려 가 라
연 에 날 아 올 라 라

멋진 내 사연 내 연
진정 사랑에 맘에

내 사랑 불 탈 이날

사랑 불 태운 실아
연에 탈 운 딸려올

내 맘이 실려 가라

연에 날아 올라라

쓰기가 행복한 삼행시

오 시 오 서 시 오 쓰 시 오
시 작 해 시 쓰 고 시 원 해
오 해 는 오 고 가 오 해 마
서 시 오 가 시 고 시 쓰 오
시 쓰 고 시 작 한 쓰 기 가
오 고 가 고 한 번 다 가 서
쓰 시 오 시 쓰 다 삼 행 시
시 원 해 쓰 기 가 행 복 한
오 해 마 오 가 서 시 한 수

오시오 서시오 쓰시오
시작해 시 쓰고 시원해
오해는 오고가 오해 마

서시오 가시고 시 쓰오
시 쓰고 시작한 쓰기가
오고 가고 한 번 다가서

쓰시오 시 쓰다 삼행시
시원해 쓰기가 행복한
오해 마오 가서 시 한 수

뜰이 내게 봄으로 고백

꽃 피 고 봄 이 또 가
피 는 백 화 뜰 가 득
고 백 은 사 이 다 맛
봄 화 사 한 파 티 에
이 뜰 이 파 티 한 번
또 가 다 티 한 잔 진
가 득 맛 에 번 진 봄

꽃 피고 봄이 또 가
피는 百花 뜰 가득
고백은 사이다 맛

봄 화사한 파티에
이 뜰이 파티 한 번

또 가다 티 한 잔 진

가득 맛에 번진 봄

꿈속 꽃의 나라

꿈 나 라 탐 사 제 고
나 높 일 사 람 비 목
라 일 락 풍 성 꽃 도
탐 사 풍 경 큼 직 꽃
사 람 성 큼 꿈 접 은
제 비 꽃 직 접 꽃 핀
고 목 도 꽃 은 핀

꿈 나라 탐사 제고
나 높일 사람 비목
라일락 풍성 꽃도

탐사 풍경 큼직 꽃
사람 성큼 꿈 접은

제비 꽃 직접 꽃핀
고목도 꽃은 핀다

행시에 빠진 즐거움

나 만 의 행 시 사 랑
만 학 형 시 운 랑 만
의 형 제 같 은 댓 글
행 시 같 은 답 시 초
시 운 은 답 되 도 록
사 랑 댓 시 도 행 시
랑 만 글 초 록 시 향

나 만의 行詩 사랑
晩學形 詩韻 浪漫
義兄弟같은 댓글

行詩 같은 答 詩抄
詩韻 은 答 되도록

사랑 댓시도 行詩
浪漫 글 초록 詩香

당신을 만나 기적

한 줄 기 빛 을 주 나
줄 줄 이 줄 이 줄 줄
기 이 해 기 적 주 고
빛 줄 기 길 어 줄 줄
을 이 적 어 져 울 어
주 줄 주 줄 울 지 마
나 줄 고 줄 어 마 구

한줄기 빛을 주나
줄줄이 줄이 줄줄
기이해 기적 주고

빛 줄기 길어 줄줄
을이 적어져 울어

주줄 주줄 울지마
나 줄고 줄어 마구

사랑을 위해 기도해

삶 은 화 사 한 고 생
은 근 사 랑 일 운 명
화 사 한 고 행 자 위
사 랑 고 생 위 태 해
한 일 행 위 에 빛 나
고 운 자 태 빛 향 기
생 명 위 해 나 기 도

삶은 화사한 고생
은근 사랑일 운명

화사한 고행자 위
사랑 고생 위태해
한 일 행위에 빛나

고운 자태 빛 향기
생명 위해 나 기도

유관순 열사를 추모

삼 월 의 함 성 이 여
월 등 해 도 난 만 세
의 해 도 전 이 큼 직
함 도 전 피 골 상 접
성 난 이 골 난 함 몰
이 만 큼 상 함 숭 고
여 세 직 접 몰 고 가

삼월의 함성이여
월등해도 난 만세
의해 도전이 큼직

함 도전 피골상접
성난 이골 난 함몰
이만큼 상함 숭고
여세 직접 몰고 가

겉으로는 예쁜데

배 반 의 장 미
반 해 도 미 소
의 도 가 무 서
장 미 무 시 글
미 소 서 글 퍼

배반의 장미
반해도 미소
의도가 무서

장미 무시 글
미소 서글퍼

모자 쓰고 봄나들이

차 양 길 어 멋 진 햇
양 지 바 른 진 한 볕
길 바 닥 들 꽃 방 가
어 른 들 웃 음 문 득
멋 진 꽃 음 악 향 한
진 한 방 문 향 기 봄
햇 볕 가 득 한 봄 날

차양 길어 멋진 햇
양지 바른 진한 볕

길바닥 들꽃 방가
어른들 웃음 문득

멋진 꽃 음악 향한
진한 방문 향기 봄

햇볕 가득한 봄날

봄 솔솔 오나 봄

봄 솔 솔 오 나 봄
솔 에 솔 솔 봄 아
솔 솔 봄 길 날 어
오 솔 길 지 나 서
나 봄 날 나 가 오
봄 아 어 서 오 오

봄 솔솔 오나 봄

솔에 솔솔 봄아
솔솔 봄길 날어

오솔길 지나서
나 봄날 나가오

봄아 어서 오오

누구든 마음대로

황 당 한 생 각
당 신 도 각 자
한 도 가 없 네
생 각 없 는 맘
각 자 네 맘 에

황당한 생각
당신도 각자 생각
한도가 없네
생각 없는 맘이야
각자 네 맘에

슬기로운 아내

내 사 부 인 슬 하
사 랑 부 정 기 나
부 부 의 과 로 뿐
인 정 과 행 운 인
슬 기 로 운 아 내
하 나 뿐 인 내 편

내사, 부인 슬하
사랑, 부정기 나

부부의 과로 뿐
인정과 행운 인

슬기로운 아내
하나뿐 인 내 편

설날에 반추하는 추억

시 간 아 그 날 반 추
간 여 름 날 도 추 억
아 름 다 운 기 한 이
그 날 운 예 쁜 옛 꽃
날 도 기 쁜 설 날 에
반 추 한 옛 날 이 지
추 억 이 꽃 에 지 다

시간 아, 그 날 반추
간 여름 날도 추억
아름다운 기한이

그 날 운, 예쁜 옛 꽃
날도 기쁜 설날에

반추한 옛날이지
추억이 꽃에 지다

나드리 가자

봄 맞 이
맞 추 면
이 면 각

봄맞이
맞추면
이면각

노을이 곱게 물들어

금 빛 놀 의 산 하
빛 이 흥 미 다 늘
놀 흥 미 주 는 빛
의 미 주 는 거 고
산 다 는 거 행 운
하 늘 빛 고 운 날

금빛 놀의 산하
빛이 흥미다 늘

놀, 흥미 주는 빛
의미 주는 거고

산다는 거 행운
하늘 빛 고운 날

행복한 인생길

고 운 꽃 길 진 행
운 명 같 은 행 복
꽃 같 이 순 수 해
길 은 순 탄 이 고
진 행 수 이 행 운
행 복 해 고 운 길

고운 꽃길 진행
운명 같은 행복
꽃 같이 순수해
길은 순탄이고
진행 수이 행운
행복해 고운길

다행시는 오아시스

다 행 시 늘 꽃 매 사
행 복 한 꿈 인 사 랑
시 한 수 찬 양 그 이
늘 꿈 찬 란 그 대 오
꽃 인 양 그 림 삼 아
매 사 그 대 삼 행 시
사 랑 이 오 아 시 스

다행시 늘 꽃, 매사
행복한 꿈인 사랑
시 한 수 찬양, 그이

늘 꿈 찬란 그대, 오!

꽃인 양 그림 삼아

매사 그대 삼행시
사랑이 오아시스

사랑의 끈을 놓지 마

끈 또 매 주 사
또 싸 우 걸 랑
매 우 사 랑 한
주 걸 랑 찬 스
사 랑 한 스 푼

끈 또 매 주사

또 싸우걸랑

매우 사랑한

주걸랑 찬스
사랑 한 스푼

꿈들의 행진

꿈 행 진 해 웃 동 네
행 복 함 피 는 남 쪽
진 함 묘 한 멋 풍 정
해 피 한 행 진 오 자
웃 는 멋 진 수 고 에
동 남 풍 오 고 있 나
네 쪽 정 자 에 나 비

꿈 행진해 웃 동네

행복함 피는 남쪽
진함 묘한 멋 풍정
해피한 행진 오자

웃는 멋진 수고에
동남풍 오고 있나
네 쪽 정자에 나비

게임인지 꿈인지?

행 복 의 속 도 내 어
복 을 찾 아 로 그 인
의 찾 아 청 운 의 꿈
속 아 청 렴 행 함 이
도 로 운 행 을 정 해
내 그 의 함 정 미 몽
어 인 꿈 이 해 몽 도

행복의 속도 내어
복을 찾아 로그인
의 찾아 청운의 꿈

속아 청렴 행함이
도로 운행을 정해

내 그의 함정 미몽
어인 꿈이 해몽도

시 한 수에 술 한잔

봄 이 오 시 나 보 아
이 미 늘 한 마 음 이
오 늘 밤 수 저 한 술
시 한 수 에 술 잔 이
나 마 저 술 잔 에 시
보 음 한 잔 에 권 주
아 이 술 이 시 주 네

봄이 오시나 보아
이미 늘 한 마음이

오늘 밤 수저 한 술
詩 한 수에 술잔이
나 마저 술잔에 詩

報飮 한 잔에 勸酒
아이, 술이 詩 주네

마지막 승부

한 줄 기 희 망
줄 줄 이 망 해
기 이 한 일 도
희 망 일 승 부
망 해 도 부 활

한줄기 희망
줄줄이 망해
기이한 일도

희망일 승부
망해도 부활

거울에 보여요

흔 적 내 과 거
적 신 눈 시 울
내 눈 물 에 선
과 시 에 수 모
거 울 선 모 습

흔적 내 과거
적신 눈시울

내 눈물에선

과시에 수모
거울 선 모습

생이 남긴 흔적은 숨기 좋은 요새

생 은 세 월 의 흔 적
은 은 한 하 문 적 당
세 한 시 절 깊 이 한
월 하 절 간 은 고 요
의 문 깊 은 붉 은 새
흔 적 이 고 은 빙 하
적 당 한 요 새 하 나

생은 세월의 흔적
은은한 하문 적당

세한 시절 깊이 한
월하 절간은 고요
의문 깊은 붉은 새

흔적이 고은 빙하
적당한 요새 하나

홍콩도 배우는 동방의 촛불

촛 불 큰 힘 찬 시 동
불 뚝 힘 센 바 원 해
큰 힘 의 허 다 한 물
힘 센 허 리 의 공 과
찬 바 다 의 힘 기 백
시 원 한 공 기 모 두
동 해 물 과 백 두 산

촛불 큰 힘찬 시동
불뚝 힘 센 바 원해

큰 힘이 허다한 물

힘센 허리의 공과
찬 바다의 힘, 기백

시원한 공기 모두
동해물과 백두산

대평원에 다시 핀 꽃

현 대 시 여 인 꽃
대 평 원 인 생 은
시 원 한 사 이 다
여 인 사 랑 엔 시
인 생 이 엔 돌 핀
꽃 은 다 시 핀 다

현대 시, 여인, 꽃
대평원 인생은
시원한 사이다

여인 사랑엔 시
인생이 엔돌핀

꽃은 다시 핀다

만인산의 설경

멋 진 눈 이 선 순 환
진 짜 이 만 한 백 상
눈 이 덮 인 산 의 선
이 만 인 산 속 흰 눈
선 한 산 속 의 눈 꽃
순 백 의 흰 눈 희 열
환 상 선 눈 꽃 열 차

멋진 눈이 선순환
진짜 이만한 白像

눈이 덮인 산의 선
이 만인산 속 흰 눈

선한 산 속의 눈꽃
순백의 흰 눈 희열
환상선 눈꽃 열차

품격이 멋진 나

품 격 이 멋 진 나
격 찬 의 진 짜 는
이 의 미 네 좋 네
멋 진 네 취 지 가
진 짜 좋 지 다 행
나 는 네 가 행 복

품격이 멋진 나
격찬의 진짜는
이 의미네 좋네
멋진 네 취지가
진짜 좋지 다행
나는 네가 행복

빛으로 시를 디자인하다

● 제4부 – 회문틀 가로세로 행시
 (광섬유에 의한 빛의 테두리)

광섬유

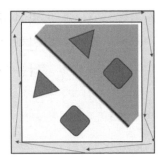

사랑으로 돌보네

⇒   ⇐

⇓ 찰 진 의 사 의 진 찰 ⇓
진 짜 사 랑 의 행 진
의 사 들 이 또 협 의
사 랑 이 많 아 의 사
의 의 또 아 주 의 의
진 행 협 의 의 문 진
⇑ 찰 진 의 사 의 진 찰 ⇑

⇒   ⇐

찰진 의사의 진찰
진짜 사랑의 행진

의사들이 또 협의
사랑이 많아 의사
의의 또 아주 의의

진행 협의의 문진
찰진 의사의 진찰

어린이 주일에 단상

다 작 은 삶 은 작 다
작 은 은 색 은 고 작
은 은 한 갈 색 고 은
삶 색 갈 이 고 은 삶
은 은 색 고 와 조 은
작 고 고 은 조 연 작
다 작 은 삶 은 작 다

다 작은 삶은 작다

작은 은색은 고작
은은한 갈색 고은

삶 색갈이 고은 삶
은은 색 고와 조은

작고 고은 조연작
다 작은 삶은 작다

곱고 고고해 보였던 삶

⇨　　　⇦

⬇ 삶 은 속 고 속 은 삶 ⬇
은 근 히 고 은 색 은
속 히 반 해 맘 약 속
고 고 해 속 고 속 고
속 은 맘 고 통 뼈 속
은 색 약 속 뼈 삭 은
⬆ 삶 은 속 고 속 은 삶 ⬆

⇨　　　⇦

삶은 속고 속은 삶
은근히 고은 색은

속히 반해 맘 약속
고고해 속고 속고

속은 맘 고통 뼈속
은색 약속 뼈 삭은

삶은 속고 속은 삶

자연에 살다

⟹　　　⟸

⇩ 나 가 다 오 다 가 나 ⇩
가 뿐 이 도 살 다 가
다 이 런 방 법 살 다
오 도 방 정 한 다 오
다 살 법 한 일 하 다
가 다 살 다 하 는 가
⇧ 나 가 다 오 다 가 나 ⇧

⟹　　　⟸

나가다 오다 가나
가뿐이도 살다 가
다 이런 방법 살다

오도방정 한다오
다 살 법한 일 하다

가다 살다 하는가
나가다 오다 가나

음악과 시가 있는 삶

⟹   ⟸

삶 은 작 고 작 은 삶
은 색 고 은 품 은 은
작 고 차 별 엔 작 작
고 은 별 마 음 품 고
작 품 에 음 악 시 작
은 은 작 품 시 고 은
삶 은 작 고 작 은 삶

⟹   ⟸

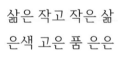

삶은 작고 작은 삶
은색 고은 품 은은

작고 차별엔 작작
고은 별 마음 품고

작품에 음악 시작
은은 작품 시 고은

삶은 작고 작은 삶

백일장에서 다시 쓰기 시작

⇨　　　⇦

⬇ 다 시 이 시 이 시 다 ⬇
시 작 한 작 시 다 시
이 한 몸 의 이 름 이
시 작 의 여 유 과 시
이 시 이 유 와 같 이
시 다 름 과 같 은 시
⬆ 다 시 이 시 이 시 다 ⬆

⇨　　　⇦

다시 이 시 이 시다
시작한 작시 다시

이 한 몸의 이름이

시작의 여유 과시

이 시 이유와 같이
시 다름과 같은 시
다시 이 시 이 시다

케이팝, 연습에 또 연습

⇨   ⇦

⇩ 다 시 합 창 합 시 다 ⇩
시 작 할 법 한 작 시
합 할 케 이 팝 시 합
창 법 이 특 이 시 창
합 한 팝 이 또 힙 합
시 작 시 시 힙 다 시
⇧ 다 시 합 창 합 시 다 ⇧

⇨   ⇦

다시 합창합시다
시작할법한 작시

합할 케이팝 시합
창법이 특이, 시창

합한 팝이 또 힙합
시작 시시, 힙 다시
다시 합창합시다

즐거운 퍼즐시

⇒   ⇐

⇩ 다 시 오 늘 오 시 다 ⇩
시 원 한 맛 퍼 즐 시
오 한 껏 나 즐 기 오
늘 맛 나 즐 겁 지 늘
오 퍼 즐 겁 나 쓰 오
시 즐 기 지 쓰 는 시
⇧ 다 시 오 늘 오 시 다 ⇧

⇒   ⇐

다시 오늘 오시다
시원한 맛, 퍼즐시

오, 한껏 나 즐기오
늘 맛나, 즐겁지 늘

오, 퍼즐, 겁나 쓰오
시, 즐기지, 쓰는 시
다시 오늘 오시다

저녁 노을이 덮으니

⇨　　　　⇦

⇩ 다 들 이 물 이 들 다 ⇩
　들 판 에 노 을 물 들
　이 에 마 을 논 밭 이
　물 노 을 져 붉 은 물
　이 을 논 붉 게 색 이
　들 물 밭 은 물 에 들
⇧ 다 들 이 물 이 들 다 ⇧

⇨　　　　⇦

다들 이 물이 들다
들판에 노을 물들

이에 마을 논밭이

물 노을 져 붉은 물
이을 논 붉게 색이

들 물 밭은 물에 들
다들 이 물이 들다

소주 만 병만 주소

⇨   ⇦

소 주 만 병 만 주 소
주 문 수 만 큼 만 주
만 수 무 강 하 지 만
병 만 강 같 지 만 병
만 큼 하 지 만 큼 만
주 만 지 만 큼 벌 주
소 주 만 병 만 주 소

⇨   ⇦

소주 만 병만 주소
주문수 만큼만 주

만수무강하지만
병만 강 같지 만 병
만큼하지 만큼만

주만지만큼 벌 주
소주 만 병만 주소

라면 먹고 또 뛰자

⇨　　　⇦
⬇ 자 빨 리 빨 리 빨 자 ⬇
빨 간 라 면 그 면 빨
리 라 향 기 전 하 리
빨 면 기 쁨 에 운 빨
리 그 전 에 또 승 리
빨 면 하 운 승 리 빨
⬆ 자 빨 리 빨 리 빨 자 ⬆
⇨　　　⇦

자 빨리 빨리 빨자

빨간 라면 그 면빨
리라 향기 전하리
빨면 기쁨에 운빨
리그전에 또 승리

빨면 何運 승리빨
자 빨리 빨리 빨자

** 何運: 운이 어떻든지

바빠도 식사는 해야지

⇨　　　⇦
⬇ 소 하 고 먹 고 하 소 ⬇
하 찮 은 이 유 아 하
고 은 빛 도 멋 지 나
먹 이 도 없 이 먹 먹
고 유 멋 이 보 이 고
하 아 지 먹 이 투 하
⬆ 소 하 고 먹 고 하 소 ⬆
⇨　　　⇦

소하고 먹고 하소

하찮은 이유, 아하
고은 빛도 멋지나

먹이도 없이 먹먹
고유 멋이 보이고

하아, 지 먹이 투하
소하고 먹고 하소

수정궁 속 세상

여보안경안보여
보면보이지여보
안보여로마요안
경이로운요지경
안지마요줄금안
보여요지금여보
여보안경안보여

여보 안경 안보여
보면 보이지 여보

안보여 로마, 요 안
경이로운 요지경

안지 마요, 줄 금 안

보여요 지금 여보
여보 안경 안보여

노을 속의 억새

색 갈 은 짙 은 갈 색
갈 색 은 은 근 빛 갈
은 은 한 빛 해 살 을
짙 은 빛 에 살 색 이
은 근 해 살 짝 참 을
갈 빛 살 색 참 빛 갈
색 갈 을 이 을 갈 색

색갈은 짙은 갈색
갈색은 은근 빛갈
은은한 빛 해살을

짙은 빛에 살색이
은근해 살짝 참을

갈 빛 살색 참 빛갈
색갈을 이을 갈색

지평선에 꽃으로 선플을

다 이 뿐 이 뿐 이 다
이 선 지 평 만 선 이
뿐 지 르 면 아 플 뿐
이 평 면 보 니 맘 이
뿐 만 아 니 라 이 뿐
이 선 플 맘 이 쁜 이
다 이 뿐 이 뿐 이 다

다 이뿐이 뿐이다

이 선 지평만 선이
뿐지르면 아플 뿐
이 평면 보니 맘이

뿐 만 아니라 이뿐
이 선플, 맘 이쁜이
다 이뿐이 뿐이다

꾸는 꿈 모두 당신

⇒　　⇐

자 꾸 만 꿈 만 꾸 자
꾸 는 꿈 이 나 자 꾸
만 꿈 이 다 야 꿈 만
꿈 이 다 당 신 의 꿈
만 나 야 신 나 지 만
꾸 자 꿈 의 지 대 꾸
자 꾸 만 꿈 만 꾸 자

⇒　　⇐

자꾸만 꿈만 꾸자
꾸는 꿈이 나 자꾸
만꿈이 다야, 꿈만

꿈이 다 당신의 꿈
만나야 신나지만

꾸자 꿈, 의지 대꾸
자꾸만 꿈만 꾸자

신사임당 그림 옆에

게 시 하 나 하 시 게
시 하 나 쓰 려 오 시
하 나 쓰 면 나 축 하
나 쓰 면 조 율 하 나
하 려 나 율 곡 문 하
시 오 축 하 문 게 시
게 시 하 나 하 시 게

게시 하나 하시게
시 하나 쓰려오, 시

하나 쓰면, 나 축하
나 쓰면 조율 하나

하려나 율곡 문하
시, 오! 축하문 게시
게시 하나 하시게

당신은 멋진 남편

⇒　　　⇐
⇓ 여 자 남 편 남 자 여 ⇓
자 고 자 든 자 고 자
남 자 는 멋 진 미 남
편 든 멋 진 내 남 편
남 자 진 내 사 격 남
자 봐 미 남 격 정 자
⇑ 여 자 남 편 남 자 여 ⇑
⇒　　　⇐

여자 남편 남자여
자고 자든 자고 자

남자는 멋진 미남
편든 멋진 내 남편

남자 진내사격 남
자, 봐 미남 격정자
여자 남편 남자여

행시 백일장에

다 시 나 타 나 시 다
시 어 참 고 은 행 시
나 참 맛 난 시 하 나
타 고 난 미 감 여 타
나 은 시 감 각 쓰 나
시 행 하 여 쓰 면 시
다 시 나 타 나 시 다

다시 나타나시다
시어 참 고은 행시

나 참 맛난 시 하나
타고난 미감 여타
나은 시 감각 쓰나
시행하여 쓰면 시
다시 나타나시다

역삼역에 행시가

⇨ ⇦
⇩ 여 보 역 삼 역 보 여 ⇩
보 니 삼 행 시 여 보
역 삼 역 시 향 주 역
삼 행 시 멋 이 삼 삼
역 시 향 이 맵 시 역
보 여 주 삼 시 여 보
⇧ 여 보 역 삼 역 보 여 ⇧
⇨ ⇦

여보 역삼역 보여?
보니 삼행시 여보

역삼역 시향 주역
삼행시 멋이 삼삼
역시 향이 맵시 역

보여주삼, 시, 여보
여보 역삼역 보여

땅을 수용해 계획한 도시

⟹   ⟸

도 시 화 미 화 시 도
시 가 사 려 해 도 시
화 사 한 해 와 미 화
미 려 해 도 시 찬 미
화 해 와 시 다 양 화
시 도 미 찬 양 과 시
도 시 화 미 화 시 도

⟹   ⟸

도시화 미화 시도(都市化 美化 試圖)
市가 사려해 도시
화사한 해와 미화
미려해 도시 찬미
화해와 市 다양화
市도 美 찬양 과시
도시화 미화 시도

도시계획사업

이번에는 청하

```
    ⇨              ⇦
 ⇩ 다 하 자 마 자 하 다 ⇩
   하 고 또 하 니 청 하
   자 또 술 반 짝 하 자
   마 하 반 야 하 지 마
   자 니 짝 하 게 사 자
   하 청 하 지 사 바 하
 ⇧ 다 하 자 마 자 하 다 ⇧
    ⇨              ⇦
```

다 하자마자 하다

하고 또 하니, 청하
자, 또 술 반짝하자
마하반야 하지마
자니? 짝하게 사자

하, 청하지 사바하
다 하자마자 하다

어부들의 숨겨 키우는 보물

⇒　　　⇐

치 어 값 의 값 어 치
어 부 지 리 나 여 어
값 지 고 숨 가 쁜 값
의 리 숨 기 는 멋 의
값 나 가 는 멋 진 값
어 여 쁜 멋 진 치 어
치 어 값 의 값 어 치

⇒　　　⇐

치어 값의 값어치
어부지리 나여어
값지고 숨가쁜 값
의리 숨기는 멋의

값 나가는 멋진 값
어여쁜 멋진 치어
치어 값의 값어치

다시마가 詩를 마시다

⇒　　　⇐

⇓ 다 시 마 가 마 시 다 ⇓
시 원 하 게 음 운 시
마 하 속 도 내 구 마
가 게 도 내 가 해 가
마 음 내 가 잡 으 마
시 운 구 해 으 뜸 시
⇑ 다 시 마 가 마 시 다 ⇑

⇒　　　⇐

다시마가 마시다
시원하게 음운 시
마하속도 내구마
가게도 내가 해가

마음 내가 잡으마
시 운 구해 으뜸 시
다시마가 마시다

BTS, 대박 틀림없다는

⇒　　　⇐

⇓ 다 들 이 맘 이 들 다 ⇓
들 에 나 오 지 다 들
이 나 저 나 음 악 이
맘 오 나 진 일 보 맘
이 지 음 일 해 보 이
들 다 악 보 보 고 들
⇑ 다 들 이 맘 이 들 다 ⇑

⇒　　　⇐

다들 이 맘이 들다
들에 나오지 다들

이나 저나 음악이

맘 오나, 진일보 맘
이 지음, 일 해 보이

들, 다 악보 보고들
다들 이 맘이 들다

조금 불우하지만 열심히 살아

⟹   ⟸

⟱ 홀 아 비 집 비 아 홀 ⟱
아 침 빔 이 참 우 아
비 빔 국 수 한 남 비
집 이 수 채 부 자 집
비 참 한 부 채 대 비
아 우 남 자 대 찬 아
⟰ 홀 아 비 집 비 아 홀 ⟰

⟹   ⟸

홀아비 집 비아홀
아침 빔이 참 우아
비빔국수 한 남비

집이 수채 부자집

비참한 부채 대비
아우, 남자 대찬兒
홀아비 집 비아홀

가뭄 심각한 토론토

니 가 토 론 토 가 니
가 뭄 요 란 해 물 가
토 요 일 우 울 매 토
론 란 우 반 분 이 론
토 해 울 분 과 성 토
가 물 매 이 성 화 가
니 가 토 론 토 가 니

니가 토론토 가니
가뭄 요란해 물가

토요일 우울, 매토
론란, 우반분 이론
토해, 울분과 성토

가물매 이 성화가,
니가 토론토 가니

강남 어느 복부인

⇨ ⇦

↧ 건 물 소 개 소 물 건 ↧
물 처 리 미 진 건 물
소 리 없 이 또 주 소
개 미 이 틀 전 소 개
소 진 또 전 해 주 소
물 건 주 소 주 건 물
↥ 건 물 소 개 소 물 건 ↥

⇨ ⇦

건물 소개소 물건
물 처리 미진 건물

소리 없이 또 주소
개미, 이틀 전 소개
소진, 또 전해 주소

물건 주소, 주 건물
건물 소개소 물건

백종원의 골목식당

⇨　　　⇦

⇩ 다 가 며 보 며 가 다 ⇩
　가 며 칠 이 루 다 가
　며 칠 을 코 치 하 며
　보 이 코 트 요 심 보
　며 루 치 요 리 보 며
　가 다 하 심 보 고 가
⇧ 다 가 며 보 며 가 다 ⇧

⇨　　　⇦

다 가며 보며 가다

가, 며칠 이루다가
며칠을 코치하며

보이코트, 요 심보
며루치 요리 보며

가다 하심 보고 가
다 가며 보며 가다

세월이 또 지나서

다 시 올 해 올 시 다
시 작 해 올 해 다 시
올 해 는 일 다 시 올
해 올 일 을 시 작 해
올 해 다 시 역 시 올
시 다 시 작 시 행 시
다 시 올 해 올 시 다

다시 올해 올시다
시작해, 올해 다시

올해는 일, 다시 올
해올 일을 시작해

올해 다시 역시 올
시, 다시 作詩 행시
다시 올해 올시다

안주 킬러이지만

자 주 나 타 나 주 자
주 로 밤 에 먹 는 주
나 밤 에 모 여 보 나
타 에 모 범 도 조 타
나 먹 여 도 잘 해 나
주 는 보 조 해 안 주
자 주 나 타 나 주 자

자주 나타나 주자
주로 밤에 먹는 酒

나, 밤에 모여 보나
타에 모범도 조타
나, 먹여도 잘해, 나

酒는 보조해, 안주
자주 나타나 주자

내 남편, 남미여행 가자

여자 남편 남자여
자연 性 해방하자

남성도 요리하남
편해요, 멋진 남편

남방리, 진짜 미남
자, 하하, 남미 가자
여자 남편 남자여

월세 지옥, 토론토

⇨　　　⇦
⬇ 네 가 토 론 토 가 네 ⬇
　　가 장 요 란 속 시 가
　　토 요 일 의 마 니 토
　　론 란 의 갑 을 지 론
　　토 속 마 을 속 옥 토
　　가 시 니 지 옥 인 가
⬆ 네 가 토 론 토 가 네 ⬆
⇨　　　⇦

네가 토론토 가네
가장 요란 속 市街

토요일의 마니토
론란의 甲乙之論
토속마을 속 옥토

가시니, 지옥인가?
네가 토론토 가네

시제가 떨어져 가도

시제, 다시 다 제시
제 맛 행시 하시제

다행시하며 가다
시시하나 삼행시

다 하니 삼행시다

제 시가 행시 시제
시제, 다시 다 제시

드라마, 검법남녀

건 조 한 진 한 조 건
조 만 간 실 수 난 조
한 간 막 아 재 개 한
진 실 아 흥 미 진 진
한 수 재 미 를 더 한
조 난 개 진 더 좋 조
건 조 한 진 한 조 건

건조한 진한 조건
조만간 실수 난조
한간 막아 재개한

진실, 아! 흥미진진
한 수 재미를 더한

조난 개진 더 좋조
건조한 진한 조건

이번엔 어디서 할까?

⇒　　　⇐

⇓ 티 파 티 해 티 파 티 ⇓
　 파 격 장 소 가 고 파
　 티 장 소 에 늘 불 티
　 해 소 에 잘 정 리 해
　 티 가 늘 정 결 함 티
　 파 서 불 리 함 타 파
⇑ 티 파 티 해 티 파 티 ⇑

⇒　　　⇐

티파티해 티파티
파격 장소 가고파
티 장소에 늘 불티

해소에 잘 정리해

티가 늘 정결함, 티
파서 불리함 타파
티파티해 티파티

동화 속 별똥별 똥똥이

다 이 별 똥 별 이 다
이 런 일 그 님 만 이
별 일 에 레 벨 차 별
똥 그 레 굴 러 서 똥
별 님 벨 러 별 똥 별
이 만 차 서 똥 똥 이
다 이 별 똥 별 이 다

다 이 별똥별이다

이런 일, 그 님만이

별 일에 레벨 차별
똥그레 굴러서 똥
별님 벨러 별똥별
이만 차서 똥똥이
다 이 별똥별이다

시제품 출시 위한

⇨　　　⇦
⬇ 건 조 제 습 제 조 건 ⬇
조 심 한 기 반 건 조
제 한 속 안 심 축 제
습 기 안 사 각 수 습
제 반 심 각 한 명 제
조 건 속 수 명 창 조
⬆ 건 조 제 습 제 조 건 ⬆
⇨　　　⇦

건조 제습제 조건
조심한 기반 건조

제한 속 안심 축제
습기 안 死角 수습
제반 심각한 명제

조건 속 수명 창조
건조제습 제 조건

조개처럼 단단한 한옥 리모델링

건 조 한 착 한 조 건
조 심 해 한 옥 개 조
한 해 동 안 계 속 한
착 한 안 심 속 안 착
한 옥 계 속 조 심 한
조 개 속 안 심 고 조
건 조 한 착 한 조 건

건조한 착한 조건
조심해 한옥 개조
한해동안 계속한

착한 안심 속 안착
한옥 계속 조심한

조개 속 안심 고조
건조한 착한 조건

다이어트 먹방

⇨　　　⇦
⇩ 다 살 다 먹 다 살 다 ⇩
　살 살 가 다 들 살 살
　다 가 가 마 음 주 다
　먹 다 마 음 또 먹 먹
　다 들 음 또 한 참 다
　살 살 주 먹 참 엄 살
⇧ 다 살 다 먹 다 살 다 ⇧
⇨　　　⇦

다 살다 먹다 살다

살살 가 다들 살살
다가가 마음 주다

먹다 마음 또 먹먹
다 들음 또한 참다

살살 주먹 참 엄살
다 살다 먹다 살다

이글거리는 태양

자 주 나 빛 나 주 자
주 황 의 온 곡 변 주
나 의 오 누 선 하 나
빛 온 누 리 환 해 빛
나 곡 선 환 히 빛 나
주 변 하 해 빛 내 주
자 주 나 빛 나 주 자

자주 나 빛나주자
주황의 온 曲 변주

나의 오누 Sun 하나

빛 온누리 환해 빛
나 곡선 환히 빛나
주변 하해 빛내주
자주 나 빛나주자

한번 해 봅시다

⇨　　　⇦

⬇ 행 시 실 험 실 시 행 ⬇
시 원 해 난 회 문 시
실 해 석 한 문 확 실
험 난 한 행 시 실 험
실 회 문 시 감 정 실
시 문 확 실 정 형 시
⬆ 행 시 실 험 실 시 행 ⬆

⇨　　　⇦

행시 실험실 시행
시, 원해 난 회문시

實 해석 漢文 확실
험난한 행시 실험
실 회문시 감정실

시문 확실 정형시
행시 실험실 시행

** 회문시 : 앞으로 읽어도, 뒤로 읽어도 말이 되는 글

시제 하나 만들어

행 시 나 야 나 시 행
시 운 도 한 참 운 시
나 도 삼 행 시 하 나
야 한 행 시 도 나 야
나 참 시 도 해 보 나
시 운 하 나 보 여 시
행 시 나 야 나 시 행

행시 나야 나, 시행
시 운도 한참 운시

나도 삼행시 하나
야한 행시도 나야
나 참, 시도해 보나

시 운 하나 보여, 시
행시 나야 나, 시행

내 멋대로 그냥

⇒　　　⇐

⬇ 행 시 왕 중 왕 시 행 ⬇
시 운 을 앙 망 운 시
왕 을 물 에 해 상 왕
중 앙 에 서 도 마 중
왕 망 해 도 복 구 왕
시 운 상 마 구 무 시
⬆ 행 시 왕 중 왕 시 행 ⬆

⇒　　　⇐

행시 왕중왕 시행
시운을 앙망, 운시

왕을 물에 해상왕
중앙에서도 마중
왕, 망해도 복구 왕

시운 상 마구 무시
행시 왕중왕 시행

시아버지 애인 생겼나?

```
      ⇨           ⇦
  ⇩ 다 가 며 쓰 며 가 다 ⇩
    가 면 칠 이 늘 다 가
    며 칠 의 고 민 이 며
    쓰 이 고 민 망 해 쓰
    며 늘 민 망 히 하 며
    가 다 이 해 하 다 가
  ⇧ 다 가 며 쓰 며 가 다 ⇧
      ⇨           ⇦
```

다 가며 쓰며 가다

가면칠이 늘다가
며칠의 고민이며

쓰이고 민망해쓰
며늘, 민망히 하며

가다, 이해하다가
다 가며 쓰며 가다

부실 시공 방지 위해

⇒   ⇐
⇓ 도 시 실 험 실 시 도 ⇓
시 설 험 한 제 도 시
실 험 부 재 시 부 실
험 한 재 시 공 실 험
실 제 시 공 은 건 실
시 도 부 실 건 설 시
⇑ 도 시 실 험 실 시 도 ⇑
⇒   ⇐

도시 실험실 시도
시설 험한 제 도시

실험 부재시 부실
험한 재시공 실험
실제 시공은 건실

市도 부실 건설시
도시 실험실 시도

230 빛으로 시를 디자인 하다

센느강 아래 스위스

⇨　　　⇦

⇓ 스 위 스 네 스 위 스 ⇓
위 로 잔 맘 위 에 위
스 잔 나 의 스 위 스
네 맘 의 고 향 가 네
스 위 스 향 기 센 스
위 에 위 가 센 느 위
⇧ 스 위 스 네 스 위 스 ⇧

⇨　　　⇦

스위스네 스위스
위로 잔, 맘 위에 위
스잔나의 스위스
네 맘의 고향 가네

스위스 향기 센스
위에 위가 센느 위
스위스네 스위스

별이 떨어지는 밤

⇨　⇦

⇩ 여 보 별 똥 별 보 여 ⇩
보 고 봐 그 이 화 보
별 봐 나 랑 여 우 별
똥 그 랑 땡 소 리 똥
별 이 여 소 원 의 별
보 화 우 리 의 가 보
⇧ 여 보 별 똥 별 보 여 ⇧

⇨　⇦

여보 별똥별 보여
보고 봐 그 이, 화보

별봐 나랑, 여우 별
똥그랑 땡 소리 똥
별이여, 소원의 별

보화, 우리의 가보
여보 별똥별 보여

추억 속의 빛난 빛

⇨　⇦

⬇ 다 이 빛 난 빛 이 다 ⬇
이 번 에 또 비 추 이
빛 에 환 한 추 억 빛
난 또 한 밝 기 에 난
빛 비 추 기 좋 은 빛
이 추 억 에 은 광 이
⬆ 다 이 빛 난 빛 이 다 ⬆

⇨　⇦

다 이 빛난 빛이다

이번에 또 비추이

빛에 환한 추억 빛
난 또한 밝기에 난

빛 비추기 좋은 빛
이 추억에 은광이
다 이 빛난 빛이다

이번 일로 자금 만드니

⇨   ⇦

다 하 자 마 자 하 다

하 였 소 주 유 천 하

자 소 중 한 그 물 자

마 주 한 곳 또 가 마

자 유 그 또 한 서 자

하 천 물 가 서 황 하

다 하 자 마 자 하 다

⇧   ⇧

⇨   ⇦

다 하자마자 하다

하였소, 주유천하
자, 소중한 그 물자
마주한 곳, 또 가마
자유, 그 또한, 서자

하천 물가 서, 황하
다 하자마자 하다

명치 아파, 치유가 필요

⇨　　　⇦

⇩ 적 명 치 에 치 명 적 ⇩
　명 예 유 너 유 운 명
　치 유 가 지 는 이 치
　에 너 지 주 마 너 에
　치 유 는 마 음 의 치
　명 운 이 너 의 특 명
⇧ 적 명 치 에 치 명 적 ⇧

⇨　　　⇦

적 명치에 치명적

명예유, 너유, 운명
치유 가지는 이치
에너지 주마, 너에

치유는 마음의 治
명운이 너의 특명
적 명치에 치명적

달콤하게 잠이 들다

⇨　　　⇦

⇩ 다 들 또 잠 또 들 다 ⇩
들 안 에 자 잠 다 들
또 에 잠 잘 두 잠 또
잠 자 잘 누 어 또 잠
또 잠 두 어 디 들 또
들 다 잠 또 들 다 들
⇧ 다 들 또 잠 또 들 다 ⇧

⇨　　　⇦

다들 또 잠 또들 다
들 안에 자, 잠 다들

또에 잠 잘두 잠, 또

잠자, 잘 누어 또 잠

또 잠두, 어디들 또

들, 다 잠 또들 다들
다들 또 잠 또들 다

내일은 미스트롯

⇨　　⇦

⇩ 다 한 트 로 트 한 다 ⇩
한 번 윗 보 기 도 한
트 윗 꽁 트 이 차 트
로 보 트 와 번 게 로
트 기 이 번 에 확 트
한 도 차 게 확 실 한
⇧ 다 한 트 로 트 한 다 ⇧
⇨　　⇦

다 한 트로트한다

한번 윗 보기도 한

트윗, 꽁트 이 차트
로보트와 번게로
트기 이번에 확 트

한도차게 확실한
다 한 트로트한다

고사리 그림 그리고

⇨　　　⇦

⇩ 게 시 세 고 세 시 게 ⇩
시 쓰 고 사 니 집 시
세 고 그 리 고 하 세
고 사 리 에 싹 나 고
세 니 고 싹 을 또 세
시 집 하 나 또 게 시
⇧ 게 시 세 고 세 시 게 ⇧

⇨　　　⇦

게시 세고 세시게
시 쓰고 사니 집시

세고 그리고 하세
고사리에 싹 나고

세니, 고 싹을 또 세
시집 하나 또 게시
게시 세고 세시게

마음은 로또에 있어도

다 안 전 운 전 안 다
안 전 한 도 로 편 안
전 한 말 이 또 안 전
운 도 이 몸 속 한 운
전 로 또 속 리 그 전
안 편 안 한 그 차 안
다 안 전 운 전 안 다

다 안전 운전 안다

안전한 도로 편안
전한 말이 또 안전
운도 이 몸 속한 운
전, 로또 속 리그전

안 편안한 그 차 안
다 안전 운전 안다

싸고 싸는 回文틀시

⇒ ⇐

↓ 게 시 싸 고 싸 시 게 ↓
시 쓰 고 써 정 형 시
싸 고 싸 서 형 을 싸
고 써 서 된 시 싸 고
싸 정 형 시 싸 고 싸
시 형 을 싸 서 전 시
↑ 게 시 싸 고 싸 시 게 ↑

⇒ ⇐

게시 싸고 싸시게
詩 쓰고 써, 定型詩

싸고 싸서 型을 싸
고 써서 된 詩 싸고

싸, 定型詩 싸고 싸
詩型을 싸서 전시
게시 싸고 싸시게

마시고 또 마셔

자 주 해 방 해 주 자
주 구 장 마 시 는 주
해 장 은 시 방 안 해
방 마 시 는 소 주 방
해 시 방 소 주 를 해
주 는 안 주 를 사 주
자 주 해 방 해 주 자

자주 해방해 주자
晝久長 마시는 酒

해장은 시방 안해
방, 마시는 소주방
해, 시방 소주를 해

주는 안주를 사주
자주 해방해 주자

다른 것은 틀린 게 아니야

아 름 다 운 다 름 아
름 름 한 아 들 름 름
다 한 삶 들 잘 한 다
운 아 들 보 다 딸 운
다 들 잘 다 만 들 다
름 름 한 딸 들 름 름
아 름 다 운 다 름 아

아름다운 다름아
름름한 아들 름름
다한 삶 들 잘한다
운, 아들보다 딸 운

다들 잘 다 만들다
름름한 딸 들 름름
아름다운 다름아

토마토를 가지고 놀다

다 토 마 토 다
토 양 음 양 토
마 음 속 설 마
토 양 설 움 토
다 토 마 토 다

다 토마토다

토양 음양토
마음속 설마
토양 설움토
다 토마토다

내 마음 그대가

자 주 써 주 자
주 문 한 소 주
써 한 도 는 써
주 소 는 양 주
자 주 써 주 자

자주 써 주자
주문한 소주

써, 한도는 써

주소는 양주
자주 써 주자

이젠 좀 고만하자

아들딸들아
들어아들들
딸아들또딸
들들또흔들
아들딸들아

아들딸 들아
들어 아들들

딸 아들 또 딸
들들 또 흔들
아들 딸들아

프로젝트 파이낸싱

건 조 한 조 건
조 금 은 건 조
한 은 송 금 한
조 건 금 일 조
건 조 한 조 건

건조한 조건
조금은 건조
한은 송금한

조건금 일조
건조한 조건

어떤 케이팝 아이돌

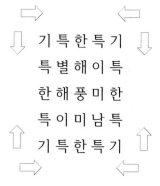

기특한 특기
특별해 이 특
한 해 풍미한

특이 미남 특
기특한 특기

싸구려 포장마차

통 술 집 술 통
술 값 싸 요 술
집 싸 구 리 집
술 요 리 잡 술
통 술 집 술 통

통 술집 술통
술값 싸 요술
집 싸구리 집

술 요리 잡술
통 술집 술통

내 마음 그대가

다 가 져 가 다
가 서 주 고 가
져 주 니 또 져
가 고 또 막 가
다 가 져 가 다

다 가져가 다

가서 주고 가
져주니 또 져

가고 또 막가
다 가져가 다

해님 같이 멋진 아우

우 아 한 편 한 아 우
아 름 다 운 빛 찾 아
한 다 발 꽃 주 는 해
편 운 꽃 피 게 한 편
한 빛 주 게 공 평 해
아 찾 는 한 평 생 아
우 아 해 편 해 아 우

우아한 편한 아우

아름다운 빛 찾아

한 다발 꽃 주는 해

편운 꽃 피게 한편

한 빛 주게 공평해

아 찾는 한 평생아

우아해 편해 아우

** 편운 : 여러 개의 조각으로 흩어져 있는 구름

천리마님 뵈오니

나 오 다 가 다 오 나
오 나 보 다 보 나 오
다 보 다 가 다 보 다
가 다 가 나 가 다 가
다 보 다 가 다 보 다
오 나 보 다 보 나 오
나 오 다 가 다 오 나

나, 오다 가다 오나
오나 보다 보나, 오
다 보다 가다 보다
가다가 나가다가

다 보다가 다 보다

오, 나 보다 보나오
나오다가 다 오나

** 천리마 박정걸 시인님의 시도에 힌트를 얻어서
가로세로 및 대각선까지도 대칭을 이루었습니다

대각선 대칭 작품

⇨　　　　⇦

⇩ 다 보 다 가 다 보 다 ⇩
　보 아 가 다 가 아 보
　다 가 오 다 오 가 다
　가 다 다 니 다 다 가
　다 가 오 다 오 가 다
　보 아 가 다 가 아 보
⇧ 다 보 다 가 다 보 다 ⇧

⇨　　　　⇦

다 보다 가다 보다
보아 가다가 雅步 * 아보, 우아한 발걸음

다가 오다 오가다

가다 다니다 다가
다가오다 오가다

보아가다가 아보
다보다가 다 보다

대각선 대칭 작품

⇨   ⇦

⇩ 가 고 가 네 가 고 가 ⇩
　 고 하 고 가 고 하 고
　 가 고 가 서 가 고 가
　 네 가 서 울 서 가 네
　 가 고 가 서 가 고 가
　 고 하 고 가 고 하 고
⇧ 가 고 가 네 가 고 가 ⇧

⇨   ⇦

가고 가네 가고가
고하고 가 고하고

가고 가서 가고가
네가 서울서 가네

가고 가서 가고가
고하고 가 고하고
가고 가네 가고가

** 단순한 단어의 반복 표현이 많지만
가로세로 및 대각선까지도 대칭입니다

감사의 글

먼저 하나님께 우리에게 빛을 주심에 감사를 표현합니다. 빛이 있어서 우리 인류가 광명을 얻었지만, 나로서는 빛이 있어서 여태까지의 직업을 가지고 살 수가 있었으며, 빛의 속성을 시로 가지고 와서 이 시집을 낼 수가 있었습니다.

계속 내게 영감을 주셔서 이 시집을 출판하는데 가장 크게 기여하신 분은 Daum 행시 Cafe "한국행시문학"에서 활동하시는 닉네임 "내안의퍼즐"이신 이길수 시인님이시며, 그 분의 여러 가지의 도움에 크게 감사를 드립니다. 그리고 한행문학 정동희 회장님 이하 모든 카페회원님들께도 큰 감사를 드립니다. 이 카페가 없었으면 이 시집은 존재하지 않았을 것입니다.

늘 곁에서 지켜보고 조언을 아끼지 않았던 아내 "유 은애"에게 고마움을 전합니다. 그리고 딸 "현지"와 아들 "현종", 며느리 "경미"에게도 사랑한다는 마음을 전합니다. 또 한 명, 아직 성별도 모르지만, 내년 4월에 출생 예정인 손주에게 이 시집을 선물합니다.
나중에 글을 읽을 수 있을 때 이 시집을 보기를 원합니다.

휘시향 멤버들을 비롯한 휘문고 67회 동기들과 안계복 시인을 포함한 청운중 동기들, 그리고 신석초교 어릴 적 친구들, 모두 내 시의 소재였으며, 독자들이었음에 감사드리고, 세종시의 이춘희 시장님을 포함한 모든 분들, 홍익대학교의 교수님들과 학생들 모두에게도 감사의 인사를 드립니다.

마지막으로 정태봉 원로목사님과 이요한 담임목사님을 비롯한 묘동교회의 모든 교역자님들과 장로님들, 집사님들, 권사님들, 성도님들에게도 감사를 드리고, 장재원 목사님을 비롯한 우리 청년부 회원들과도 함께 이 책이 발간됨을 같이 기뻐하고 싶습니다.

이 책을 읽으시는 모든 분들에게 세상을 골고루 비추시는 빛의 손길을 가지신 하나님의 은혜가 가득 하시기를 기원합니다.

2019년 가을   김 기 수 드림

自閑 김기수 행시집

빛으로 시를 디자인 하다

2019년 9월 28일 발행

저 자 **김 기 수**
이 메 일 kisookim55@daum.net

발 행 도서출판 한행문학
발 행 인 정 동 희
등 록 관악바 00017(2010.5.25)
주 소 서울시 중구 을지로 18길 12
전 화 02-730-7673 / 010-6309-2050
홈페이지 **www.hangsee.com**
행시 카페 http://cafe.daum.net/3LinePoem
이 메 일 daumsaedai@hanmail.net

정 가 10,000원
I S B N 978-99-87852-29-8-03810

공급처 / 가나북스 www.gnbooks.co.kr
전 화 / 031-408-8811(代)
팩 스 / 031-501-8811